俄語能力檢定

「詞彙與語法」解析
初級A1+基礎級A2

張慶國／編著

前言

21世紀的台灣，大學的窄門已經大大敞開，高學歷日漸普及。企業選才的標準早就以證照為考量，學歷已不再是唯一標準，而在大學求學階段考取證照的學生越來越多，他們未來在就業市場將更具競爭力。

根據近年來相關人力銀行所做的「企業聘僱社會新鮮人調查」，企業對於社會新鮮人的選才標準，第一點是社會新鮮人必須具備認真負責的態度；第二點是社會新鮮人應取得職務所需的專業相關證照。另外，有相當多的企業，會讓擁有證照的人優先面試。所以，我們可以說，證照在未來就業及企業選才上皆具有影響力。

在台灣，俄語從來就不是一個熱門的外語，但是自90年代初期台、俄雙方開始在經貿、體育、教育以及文化的往來頻繁，雙方政府互設代表處，關係逐漸密切，學習俄語漸漸受到重視。20世紀末、21世紀初俄羅斯經濟突飛猛進，台俄雙邊貿易額大增，台商到俄羅斯經商的人數漸多，俄語人才需求明顯增加。在現有三所大學中，即政治大學斯拉夫語文學系、中國文化大學俄國語文學系及淡江大學俄國語文學系，每年培養大約180名以俄語為專業的人才。除了傳統的俄文系學生之外，近年來，在若干大學也設有俄語選修課程，另外對俄語有興趣而自學人士的數量也逐年成長。為了要呈現並檢視學習成果，報考並取得俄語檢定證書自然是最公正、客觀的方式，而取得俄語檢定證書，對於在強化未來就業市場的競爭力，更有助益。

近年來，由於學校的很多政策，如大三出國、小班教學等優化學生學習的措施推波助瀾之下，很多學生已經不再以取得第一級證書為目標，而是要通過更高級的檢定考試，相對來說，報考俄國語文能力測驗並取得第一級檢定證書已經是每一個以俄語為專業學生最低的自我要求。另外，有些低年級的學生，例如二年級生或是很多非俄文系修習俄語學分的在校生及自學者，對於報考俄國語文能力測驗也有很大的興趣，但是由於學習背景與時數不同，所以會選擇報考較初階的檢定考試等級，例如「初級」（A1）或是「基礎級」（A2），做為檢視自我學習俄語的成果。

俄國語文能力測驗的各級考試皆為5項測驗項目，分別是「詞彙與語法」、「閱讀」、「聽力」、「寫作」及「口說」。本書參考由俄羅斯聖彼得堡「Златоуст」出版社針對「初級」與「基礎級」的「詞彙與語法」測驗所發行的模擬題本：「Тесты, тесты, тесты... Элементарный уровень, Базовый уровень, I сертификационный уровень, Санкт-Петербург, «Златоуст», 2007」，經該出版社授權，針對「初級」的100題與「基礎級」的685題，共計785個模擬試題，用最淺顯易懂的文字說明，做最深刻且詳盡的解析，期望每位學習者看過後能夠一目了然、心領神會，透過模擬試題的演練，確實掌握試題的出題方向與解題方式。此外，對於就算暫時還不想報考的學習者，看過本書的詳細解答之後，相信對於俄語語法將有更深層的理解，並提升俄語程度。

本書要探討的語法單元如下：

（1）名詞、形容詞、代名詞的單數與複數變格；

（2）動詞的變位與時態；

（3）完成體動詞與未完成體動詞的運用；

（4）複合句。

親愛的讀者們！不管您是不是以俄語為專業的學生，或是俄語自學者，只要您對俄語學習充滿熱誠、只要您對俄語檢定考試充滿信心，通過俄語檢定的「詞彙與語法」測驗絕對是一件輕而易舉的事情。現在就讓張老師帶著各位來分析初級與基礎級的詞彙與語法吧。

編者
張慶國
台北 2017.3.10

目次

CONTENTS

初　級

ЭЛЕМЕНТАРНЫЙ УРОВЕНЬ

詞彙與語法

請選擇一個正確的答案。

1. Вы умеете читать ...?

選項：(А) русский язык (Б) по-русски (В) русский

分析：選項 (А) русский язык是形容詞русский＋名詞язык的詞組，意思是「俄文、俄語」，在句中可作為主詞第一格，或是受詞第四格，例如Русский язык очень красивый. 俄文非常優雅；Антон любит русский язык, потому что это его родной язык. 安東喜愛俄文，因為那是他的母語。選項 (Б) по-русски是副詞形式，當作「用俄語」、「以俄羅斯的方式、按俄國人的方式」解釋，例如 Антон хорошо говорит по-русски. 安東俄語說得好；Анна не умеет готовить салаты по-русски. 安娜不會做俄式沙拉。選項 (В) русский可當形容詞或是名詞，例如 Борщ – это очень известный русский суп. 甜菜湯是非常有名的俄國湯品；Антон русский, но он не пьёт водку. 安東是俄國人，但是他不喝伏特加。

★ Вы умеете читать *по-русски*?

您會用俄文閱讀嗎？

2. ... ты был?

選項：(А) откуда (Б) куда (В) где

分析：三個選項都是疑問副詞。(А) откуда 的意思是「從哪裡」，在問句中通常會搭配有一個「移動動詞」（或稱「行動動詞」），例如 Откуда пришёл Антон в университет? 安東是從那裡來到大學的？選項 (Б) куда的意思是「去哪裡」，與откуда的方向相反，在問句中也會有一個移動動詞，表示移動的方向，例如 Куда идёт Антон? 安東現在去哪裡？選項 (В) где的意思是「在哪裡」，與前兩個疑問副詞非常不同的是，如果前面的疑問副詞句中都需搭配移動動詞的話，則在где的問句中就絕對不會有移動動詞，而是要加BE動詞，例如Где был Антон вчера вечером? 昨天晚上安東去了哪裡？請注意，在翻譯這種句子的時候，我們要把BE動詞был譯作移動動詞ходил、疑問副詞где則是要譯為куда。所以，本句不宜翻譯為：「昨天晚上安東在哪裡？」。

★ *Где* ты был?

你去了哪裡？

3. Я часто смотрю передачи ... телевизору.

選項：(А) в (Б) на (В) по

分析：選項 (А) в與 (Б) на是二個非常重要的前置詞，對於初級俄語的學員來說，掌握其語法概念及用法是基本功夫。前置詞в與на 後可接名詞第四格及第六格：第四格為動態，句中通常搭配有移動動詞，表示行進當中往某處的動作，例如Антон идёт в магазин. 安東正走去商店；Вчера Анна ходила на почту. 昨天安娜去了一趟郵局。而前置詞後接名詞第六格則為靜止的狀態，句中的動詞通常搭配BE動詞或是一般的動詞，表示在某處進行某項動作，例如Вчера Антон не был на уроке. 昨天安東沒去上課（翻譯問題請參考上題的解釋）；Антон обедает в ресторане. 安東在餐廳吃午餐。另外，前置詞後接名詞第六格或第四格亦可表示在某項物品的「裡面」或「表面」，例如Карандаш в столе. 鉛筆在桌子（抽屜）裡；Карандаш на столе. 鉛筆在桌上。然而並不是所有的第六格名詞之前都可與в及на連用，例如комната「房間」就只能與в連用：в комнате「在房間內」；而на комнате則不符合語法規則，毫無意義。除了表示在某項物品的「裡面」、「表面」或是一些特殊用法之外，這些前置詞後所接的名詞都是固定的，例如школа「學校」後只能接в，而почта「郵局」後只能接на，諸如此類的組合只能死背，並無特殊記憶的方法。選項 (В) по也是前置詞，通常後接第三格名詞，意思甚多，必須依照上下文的背景解釋，建議學員可參考辭典。

★ Я часто смотрю передачи *по* телевизору.
我常看電視節目。

4. Ты часто ходишь ... музеи?
5. Мы купили конверты ... почте.
6. Антон учится ... первом курсе.
7. Моя сестра учится ... школе.

選項：(А) на (Б) в

分析：如同上題的解析，前置詞в與на除了表示在某項物品的「裡面」、「表面」或是一些特殊用法之外，後所接的名詞都是固定的，學員必須牢記。例如「工廠」завод與「大學」

университет二字，依照詞意來看，它們都是一個具體的機關、單位、建築或是空間，但是「工廠」前只能與на連用，而「大學」只能搭配в，二者不得交替使用。

★ Ты часто ходишь *в* музеи?
你（妳）常去博物館嗎？

★ Мы купили конверты *на* почте.
我們在郵局買了信封。

★ Антон учится *на* первом курсе.
安東讀（大學）* 一年級。

★ Моя сестра учится *в* школе.
我的妹妹讀小學**。

* 請注意，大學的「年級」是курс，中、小學的「年級」是класс。名詞курс與на連用，而класс前只能用в。

** 俄文中有些單詞的詞意不像中文一樣「方便」。例如брат，是「哥哥」，還是「弟弟」，需要再次確認；сестра是「姊姊」，還是「妹妹」也不得而知。至於「學校」школа一詞可為「小學」，也可以是「中學」。所以我們在翻譯的時候只能靠上下文的「暗示」來翻。如果沒有上下文的背景「指示」，只得力求通順即可。本題如果硬譯為「我的姊妹在中、小學念書」，會落到詞不達意，意思失準。

8. Анна ... на подготовительном факультете три месяца.
9. Мария ... физику и математику.
10. Каждый вечер Жан ... новые слова.
11. Твой брат ... или работает?

選項：(А) учит (Б) учится (В) изучает

分析：選項 (А) учит的原形動詞為учить，是「學習、背誦」的意思，後接名詞第四格，當作受詞，例如Антон учит китайские стихи. 安東學中國詩。選項 (Б) учится的原形動詞為учиться，意思是「學習、唸書」。動詞後通常不接受詞，而是接表示地點或時間的單詞或是單詞的組合，例如Антон учится в университете. 安東讀大學。選項 (В) изучает的原形動詞為изучать，是「學習、研讀」的意思，後接名詞第四格，當作受詞，例如Антон изучает китайский язык. 安東學中文。動詞учить與изучать詞義相近，都有「學習」的意思，然而我們從上面的例子可以得知，учить偏重的是「記憶、背誦」的學習，而изучать則是在於「學科」方面的學習。

★ Анна *учится* на подготовительном факультете три месяца.
安娜在預科讀了三個月。

★ Мария *изучает* физику и математику.
瑪莉亞學習物理與數學。

★ Каждый вечер Жан *учит* новые слова.
尚每天晚上學習新的單詞。

★ Твой брат *учится* или работает?
妳（你）的哥哥在念書還是在工作？

12. Как ... твою подругу?
13. Почему этот музей ... Эрмитаж?
14. Как ... ваша улица?
15. Вашего брата ... Олег?
選項：(А) называется (Б) зовут

分析：選項 (А) называется的原形動詞為называться，是「稱為」的意思。舉凡無生命的物品名稱皆用此動詞，例如Наш университет называется Тамкан. 我們的大學叫淡江。選項 (Б) зовут的原形動詞為звать，也是「稱呼」的意思。與называться不同之處在於該動詞用在有生命名詞的稱呼。被稱呼的名詞用第四格，當作受詞，而主詞省略，例如Его зовут Антон. 他的名字叫安東。請注意，小貓、小狗動物的名字也是用此動詞。

★ Как *зовут* твою подругу?
你（妳）的朋友*叫什麼名字？

★ Почему этот музей *называется* Эрмитаж?
為什麼這個博物館叫做艾爾米塔什？

★ Как *называется* ваша улица?
你們的街道名稱為何？

★ Вашего брата *зовут* Олег?
您的哥哥叫阿列格嗎？

* 請注意，陽性的друг與陰性的подруга都是「朋友」的意思。性別是不言可喻的，若非必要，不需強調。

16. Это здание очень ... .
選項：(А) красивый (Б) красивое (В) красивая

分析：三個選項皆為形容詞，在語法上只有「性」的差別，意思是「漂亮的、美麗的」。選項 (А) красивый 為陽性、(Б) красивое為中性、(В) красивая為陰性。形容詞用來形容名詞，所以我們只要回到句中找到被形容的名詞即可解答。句子裡的名詞為здание「建築物」，詞尾為 -ие，是中性名詞，而指示代名詞это「這個」自然也是中性，兩個單詞組成的詞組作為主詞，所以答案應選擇 (Б)。

★ Это здание очень *красивое*.

這棟建築物非常的漂亮。

17. Около института находится старый ...

選項：(А) парк (Б) озеро (В) площадь

分析：選項 (А) парк是陽性名詞，為「公園」的意思。選項 (Б) озеро是中性名詞，為「湖泊」的意思。選項 (В) площадь是陰性名詞，為「廣場」的意思。詞尾若是 -ь，則該名詞有可能是陰性，也可能是陽性，沒有一定的規則，建議學員遇到這種詞尾的名詞時候，一定要查辭典。另外，該單詞的母音字母а因為不在重音的位置上，並且又在子音字母щ之後，所以不能發成〔а〕，而應發為〔и〕。回到句中我們發現選項的答案是被形容詞所形容的名詞，而形容詞старый「老的、舊的」是陽性，所以我們應選 (А)。

★ Около института находится старый *парк*.

學校*附近有一座老公園。

* 請注意，名詞институт在現在的使用上可以有很多的意思，可譯為「學院」，例如舉世聞名、坐落於俄羅斯首都莫斯科的學府Институт русского языка им. А.С. Пушкина，我們可譯為「普希金俄語學院」。又如淡江大學歐洲研究所轄下的俄羅斯研究組，以前是一個獨立的研究所，而它的名稱就為Институт России「俄羅斯研究所」，所以институт又可譯為「研究所」。現在台灣有很多的「科技大學」，俄文也可用институт。本句的институт並無實際名稱，所以為了避免拗口，我們無須硬譯為「科大」、「研究所」、「學院」或其他類似的名詞。

18. Познакомься, пожалуйста, это мой ...
選項：(А) родители (Б) папа (В) мама

分析：選項 (А) родители是名詞的複數形式，為「雙親」的意思。選項 (Б) папа是陽性名詞單數形式。雖然該名詞詞尾為陰性名詞詞尾，但是「爸爸」就屬性來說就是陽性，不得將該名詞硬是歸類為陰性名詞。選項 (В) мама是陰性名詞單數形式，意思是「媽媽」。回到句中我們看到關鍵詞мой，它是「物主代名詞」，是「我的」的意思。物主代名詞在句中是陽性單數形式，其陰性形式為моя，中性形式為моё，複數形式為мои。物主代名詞是表達人與物，或是人與人之間的關係，所以「性、數、格」皆須與後接的名詞一致。例如Антон звонит моему старшему брату. 安東打電話給我的哥哥。動詞звонит後接第三格，所以受詞мой старший брат應變為моему старшему брату。本題考的是「性」，所以應選 (Б)。

★ Познакомься, пожалуйста, это мой *папа*.
我跟你介紹*一下，這是我的爸爸。

* 請注意，動詞знакомиться / познакомиться通常與前置詞с連用，後接名詞第五格，作為「與某人認識、知悉（認識）某事物」之意，例如Антон познакомился с Анной на Тайване. 安東與安娜是在台灣認識的；Антон познакомился с новыми правилами. 安東瞭解了新的規定。本題的動詞形式是命令式，直譯可譯為「請認識一下，這是我的爸爸」，似乎不符合我們的禮節與中文使用方式。

19. Моё ... висит в шкафу.
選項：(А) пальто (Б) костюм (В) рубашка

分析：選項 (А) пальто是中性名詞，是「大衣」的意思，不變格，也無複數形式。選項 (Б) костюм是陽性名詞單數形式，是「衣服、男人的一套西裝」的意思。選項 (В) рубашка是陰性名詞單數形式，意思是「襯衫」。回到句中我們看到關鍵詞моё，它是中性的物主代名詞，所以答案必須選 (А)。

★ Моё *пальто* висит в шкафу.
我的大衣掛在衣櫥裡。

20. Наша семья живёт в ... доме.
選項：(А) новый (Б) новой (В) новом

分析：選項 (А) новый是形容詞，是「新的」的意思。它可作為第一格或是第四格，若為第四格，代表形容詞之後所接的名詞是無生命的名詞。選項 (Б) новой是陰性形容詞новая的第二、三、五、六格形式。選項 (В) новом是形容詞новый的第六格形式。根據本句句意及語法規則，前置詞в之後應接第六格，所以形容詞後之名詞也是第六格形式доме。答案必須選 (В)。

★ Наша семья живёт в *новом* доме.
我們的家人住在一棟新房子裡。

21. В классе студенты читают ... статью.
選項：(А) интересная (Б) интересную (В) интересной

分析：選項 (А) интересная是陰性形容詞的第一格，是「有趣的」的意思。選項 (Б) интересную是該形容詞的第四格形式。選項 (В) интересной是形容詞интересная 的第二、三、五、六格形式。句中關鍵動詞是читают，其原形動詞為читать，是及物動詞，後接名詞第四格，所以答案必須選 (Б)。請注意，動詞читать之後如果接人，則人為間接受詞，用第三格，例如Антон читает Анне газету. 安東讀報給安娜聽。

★ В классе студенты читают *интересную* статью.

在班上學生們正讀著一篇有趣的文章。

22. Это здание очень ...

23. В лесу ... деревья.

24. Мой брат ...

選項：(А) высокие (Б) высокий (В) высокое

分析：選項 (А) высокие是選項 (Б) высокий的複數形式，為形容詞，意思是「高的」。選項 (Б) высокое則是中性形式。第22題的名詞здание是中性名詞，所以要選擇 (В) высокое；第23題的名詞деревья為中性名詞дерево「樹木」的複數形式，所以應選 (А) высокие；第24題брат是陽性名詞，所以應選 (Б) высокий。

★ Это здание очень *высокое*.

這棟建築物非常高。

★ В лесу *высокие* деревья.

森林裡有高聳的樹木。

★ Мой брат *высокий*.

我的哥哥個子高。

25. Это моё ... пальто.

26. Ко мне пришёл ... брат.

27. Сегодня идёт дождь. Это моя ... погода.

選項：(А) любимая (Б) любимое (В) любимый

分析：這些題目同樣是要考形容詞＋名詞應在「性」的一致。第25題的名詞пальто「大衣」是中性名詞，所以要選擇 (Б) любимое「最喜歡的」；第26題的名詞брат是陽性名詞，所以要選擇 (В) любимый；第26題被形容的名詞погода「天氣」為陰性名詞，所以應選 (А) любимая。

★ Это моё *любимое* пальто.
這是我最愛的大衣。

★ Ко мне пришёл *любимый* брат.
我最愛的哥哥來找我。

★ Сегодня идёт дождь. Это моя *любимая* погода.
今天下雨。這是我最愛的天氣。

28. Сегодня ... нет свободного времени.

選項：(А) я (Б) у меня (В) мне

分析：本題為固定句型。要表示某人「有」或是「沒有」某物，則應用у кого есть＋名詞第一格，表示「有」，例如У Антона есть собака. 安東有隻狗；而要表示「沒有」則用у кого нет＋名詞第二格，例如У Антона нет старшего брата. 安東沒有哥哥。本句的某人為「我」，所以應用第二格меня，故選 (Б) у меня。形容詞＋名詞第二格свободного времени為「空閒時間」的意思，第一格為свободное время。

★ Сегодня *у меня* нет свободного времени.

今天我沒有空。

29. ... ты учишься в одной группе?

選項：(А) кого (Б) кому (В) с кем

分析：本題必須根據句意來解題。主詞ты為「你（妳）」，動詞為учишься，其原形動詞為учиться，意思是「學習、念書」。動詞後通常接表示時間或地點的詞或詞組。動詞後為詞組в одной группе：前置詞в＋одной группе「同一班、同一組」為第六格表示地點。接著看答案選項。選項 (А) кого 是кто「誰」的第二格或第四格，當直接受詞。選項 (Б) кому為第三格，可當間接受詞。選項 (В) с кем為前置詞с＋名詞第五格表示「與誰」之意。根據句意應選擇 (В)。

★ *С кем* ты учишься в одной группе?

你（妳）跟誰念同一班？

30. Вчера я встретил ... друга.

選項：(А) твоего (Б) твоему (В) с твоим

分析：本題的關鍵詞是動詞встретил。該動詞原形為встретить，是完成體動詞，未完成體動詞為встречать。動詞後接受詞第四格，正如本題的друга「朋友」就是第四格。但是要注意，如果句中有出現「機場、火車站」等較大的交通運輸站體時，這個動詞應做「接、迎接」解釋，例如Сегодня Антон встретил Анну в аэропорту. 今天安東在機場接安娜。選項 (А) твоего是物主代名詞твой「你 (妳) 的」的第二格或第四格，在此為第四格，當作直接受詞。選項 (Б) твоему為第三格，可當間接受詞。選項 (B) с твоим為前置詞c＋第五格。根據關鍵詞，本題應選擇 (A)。

★ Вчера я встретил *твоего* друга.
昨天我遇到你（妳）的朋友。

31. Я видел ... девушку в театре.
選項：(А) этой (Б) с этой (В) эту

分析：本題的重點與前一題一樣，都是考動詞後接的受詞。動詞видеть是「看到」的意思，為未完成體動詞，而完成體動詞是увидеть。動詞為及物動詞，所以後接的受詞應用第四格。選項 (А) этой是指示代名詞эта「這個（陰性）」的第二、三、五、六格。該指示代名詞的陽性形式為этот、中性形式為это、複數形式為эти。選項 (Б) с этой為前置詞c＋第五格形式。選項 (В) эту為эта的第四格，當作直接受詞。本題應選擇 (В)。

★ Я видел *эту* девушку в театре.
我在劇場看到這個女孩。

32. Моя мама идёт из ... .
選項：(А) магазин (Б) магазину (В) магазина

分析：本題的重點在前置詞из。前置詞из是「從一個空間往外」的意思，後接名詞第二格，例如Антон ушёл из университета в 2 часа. 安東在兩點的時候從大學離開。名詞университета在此是第二格，第一格是университет，為陽性名詞。選項 (А) магазин是陽性名詞，在此為第一格。選項 (Б) магазину為第三格形式。選項 (В) магазина為第二格。本題應選擇 (В)。

★ Моя мама идёт из *магазина*.

我的媽媽正從商店走來。

33. Посмотри, твои книги лежат на ...

選項：(А) столом (Б) столе (В) стол

分析：本題的重點在句意及前置詞на。前置詞на通常後接第四格與第六格。接第四格的時候通常指的是一個「移動」的動作概念，句中應搭配有「移動動詞」（或稱「行動動詞」），例如Антон идёт на стадион. 安東現正走去體育館。如果前置詞後接名詞第六格，則是表示「靜止」的狀態，句中則不應該出現移動動詞，例如Вчера Антон был на стадионе. 昨天安東去過體育館。值得一提的是，從這個句子意思的角度來說，句子的BE動詞был（原形動詞為быть）就等於移動動詞的ходил（原形動詞為ходить）。也就是說，改用這個移動動詞ходил的話，句子應為Вчера Антон ходил на стадион. 題目句子的主詞為твои книги「你（妳）的書」，動詞為лежат，其原形動詞形式為лежать，意思是「躺、臥、平放」，所以是「靜止」的狀態，後接前置詞на，所以應用第六格。選項 (А) столом是第五格。選項 (Б) столе為第六格形式。選項 (В) стол為第一格或第四格。本題應選擇 (Б)。

★ Посмотри, твои книги лежат на *столе*.

妳（你）看，妳（你）的書在桌上。

34. В четверг я говорил по телефону ...

選項：(А) Виктор (Б) Виктора (В) с Виктором

分析：本題的重點在句意。主詞是я，動詞是говорил по телефону「講電話」。選項 (А) Виктор是第一格。選項 (Б) Виктора為第二格或第四格形式，應作為受詞。選項 (В) с Виктором為前置詞с＋第五格表示「與維克多」的意思。本題應選擇 (В)。請注意，表示「在星期幾」應用前置詞в＋星期第四格，而非第六格。

★ В четверг я говорил по телефону *с Виктором*.
星期四我跟維克多講電話。

35. Ольга пришла домой ...
選項：(А) лекцией (Б) с лекции (В) лекция

分析：本題的關鍵在句子的動詞。動詞пришла是第三人稱、單數、陰性、過去式形式，其原形動詞為прийти，是個「定向」的移動動詞，其「不定向」的形式為приходить。動詞прийти後通常有兩種用法：1) 前置詞в 或 на＋名詞第四格[1]，意思是「來到某地點」，例如Антон пришёл в ресторан в 8 часов. 安東在八點的時候來到了餐廳；2) 前置詞из或с＋名詞第二格，表示「從某地方來到」，例如Антон пришёл домой из университета. 安東從大學回到了家。選項 (В) лекция是陰性名詞第一格，意思是「演講（課）」，前置詞需用на，例如Антон сейчас на лекции. 安東現在在上課。選項 (А) лекцией是第五格。選項 (Б) с лекции為前置詞с＋第二格，表示「從某地方來到」。本題應選擇 (Б)。

[1] 此處只列出в與на＋名詞第四格。然而還有若干前置詞可表達「去、來到某處」之意，例如к врачу（第三格）。另外，副詞домой之前無須加任何前置詞。本書若有相關敘述，則應為此意。

★ Ольга пришла домой *с лекции*.

歐莉嘉下課後回到了家。

36. Летом мы отдыхали ...

選項：(А) деревня (Б) деревню (В) в деревне

分析：本題的重點是句意。主詞是мы，動詞是отдыхали，原形動詞為отдыхать / отдохнуть，意思是「休息、渡假」，動詞後通常用前置詞＋地點的第六格，或是表時間的詞組，例如Антон обычно отдыхает на море в июле. 安東通常在七月的時候在海邊度假。選項 (А) деревня是第一格。選項 (Б) деревню為第四格。選項 (В) в деревне為前置詞в＋第六格表示「靜止」的狀態。本題應選擇 (В)。

★ Летом мы отдыхали *в деревне*.

我們夏天在鄉下渡假。

37. На уроке мы говорили ...

選項：(А) Москва (Б) о Москве (В) Москву

分析：本題的關鍵是動詞говорили。該動詞的原形形式是говорить，為未完成體動詞，完成體動詞是поговорить及сказать，後接人則用第三格，或接前置詞о＋名詞第六格，表示「談論有關某人或某事」，例如Антон сказал Анне, что он очень любит её. 安東告訴安娜說他非常愛她。選項 (А) Москва是第一格。選項 (Б) о Москве為前置詞о＋第六格。選項 (В) Москву為第四格。本題應選擇 (Б)。

★ На уроке мы говорили *о Москве*.

我們在課堂上談論有關莫斯科的事情。

38. Я забыла свои тетради ...

選項：(А) дом (Б) доме (В) дома

分析：本題的重點是句意。主詞是я，動詞是забыла，原形動詞是забыть，為完成體動詞，其未完成體動詞為забывать，是「忘記」的意思。詞組свои тетради為動詞забыла的受詞第四格。選項 (А) дом是第一格或第四格。選項 (Б) доме為第六格。選項 (В) дома為副詞，意思是「在家」。本題應選擇(В)。

★ Я забыла свои тетради *дома*.

我把自己的筆記本忘在家裡了。

39. Вы поедете на экскурсию ... ?

選項：(А) автобус (Б) на автобусе (В) на автобус

分析：本題的重點是搭乘交通工具的相關用法。句中若要形容搭乘某種交通工具去某處，則必須運用前置詞на＋交通工具第六格。另外，句中必須要有個移動動詞搭配才行，例如Антон едет в Москву на поезде. 安東現正搭著火車去莫斯科。選項 (А) автобус是第一格或第四格。選項 (Б) на автобусе就是答案，為前置詞на＋交通工具第六格。選項 (В) на автобус為前置詞на＋交通工具第四格，意義不明。

★ Вы поедете на экскурсию *на автобусе*?

你們去旅遊是搭巴士嗎？

40. Я ещё не знаю, что дарить ...
選項：(А) Анне (Б) Анну (В) об Анне

分析：本題的關鍵是動詞дарить的用法。動詞дарить為及物動詞，後接人用第三格、接物則用第四格，例如Антон подарил Анне дорогие часы. 安東送了一支貴重的手錶給安娜。動詞подарить為дарить的完成體動詞。選項 (А) Анне是第三格。選項 (Б) Анну為第四格。選項 (В) об Анне為前置詞об (о)＋名詞第六格。

★ Я ещё не знаю, что дарить *Анне*.
我還不知道要送什麼給安娜。

41. В нашем доме нет ...
選項：(А) лифту (Б) лифт (В) лифта

分析：本題的關鍵為否定句型的觀念。前置詞у＋人第二格，如後接есть，則後面的人或物品用第一格，為「某人有某人或某物」之意，例如У Антона есть старший брат. 安東有一個哥哥；若接нет，則後面的人或物品用第二格，是「某人沒有某人或某物」的意思，例如У Антона нет младшей сестры. 安東沒有妹妹。本題雖然非舉例的句型，但用法一樣。選項 (А) лифту是第三格。選項 (Б) лифт為第一格或第四格。選項 (В) лифта為第二格。

★ В нашем доме нет *лифта*.
我們的大樓沒有電梯。

42. Летом Игорь был ...
選項：(А) Москва (Б) из Москвы (В) в Москве

分析：本題的重點是BE動詞的使用問題。BE動詞的語法概念很簡單，動詞後面一定是一個表示「靜止」的狀態，通常使用地方副詞或是前置詞＋名詞第六格。另外，BE動詞在現在式的時候要省略，只有在過去式及未來式的時候才需要出現，例如Антон в аудитории. 安東現在在教室裡；Антон был в аудитории. 安東剛剛在教室裡（更好的翻譯是：安東去過了教室）；Антон будет в аудитории. 安東等下會在教室裡（更好的翻譯是：安東等下會去教室）。選項 (А) Москва是第一格。選項 (Б) из Москвы為前置詞из＋二格。選項 (В) в Москве為前置詞в＋第六格。答案應選 (В)。

★ Летом Игорь был *в Москве*.
伊格爾夏天去了莫斯科一趟。

43. Я должен позвонить ...
選項：(А) бабушку (Б) бабушке (В) о бабушке

分析：本題考的重點是動詞звонить / позвонить的語法問題。動詞звонить / позвонить後接人要用第三格，表示「打電話給某人」，例如Антон часто звонит Анне. 安東常常打電話給安娜。如果想表示打電話到某處的話，則動詞之後用地方副詞或是前置詞＋名詞第四格，例如Антон позвонил домой. 安東打了電話回家；Антон позвонил на факультет. 安東打了電話到系上。選項 (А) бабушку是第四格。選項 (Б) бабушке是第三格。選項 (В) о бабушке為前置詞о＋第六格。答案應選 (Б)。另外，形容詞短尾形式должен（должна, должно, должны）後應接原形動詞。

★ Я должен позвонить *бабушке*.
我應該打個電話給奶奶。

44. Скажите, пожалуйста, сколько стоит ... ?
選項：(А) молоко (Б) молока (В) о молоке

分析：本題考的是сколько стоит「某物值多少錢」，也就是問價錢的句型。某物為主詞，用第一格。物品為單數時用стоит，物品為複數時用стоят，例如Сколько стоит этот компьютер? 這部電腦多少錢？Сколько стоят эти часы? 這隻手錶多少錢？選項 (А) молоко是第一格。選項 (Б) молока是第二格。選項 (В) о молоке為前置詞о＋第六格。答案應選 (А)。另外，中性名詞молоко是「奶」的意思，因為我們通常喝的是牛奶，所以我們翻譯的時候為求通順，不譯成「奶」，而是「牛奶」。

★ Скажите, пожалуйста, сколько стоит *молоко*?
請問牛奶多少錢？

45. Моя подруга серьёзно занимается ...
選項：(А) физике (Б) физикой (В) физика

分析：本題考的是動詞заниматься後的語法問題。動詞заниматься後只能接第五格，表示「從事某項工作、事物、活動」，例如Антон занимается спортом по средам. 安東每個星期三運動。如果動詞之後不接任何名詞，則須依照句意翻譯，例如Антон любит заниматься в библиотеке. 安東喜歡在圖書館唸書。選項 (А) физике是第三格。選項 (Б) физикой是第五格。選項 (В) физика為第一格。答案應選 (Б)。

★ Моя подруга серьёзно занимается *физикой*.

我的朋友認真地學習物理。

46. Мой отец работает ...

47. Самир - ...

48. Преподаватель рассказывал о профессии ...

選項：(А) биолог (Б) биологом (В) биолога

分析：第46題考的是動詞работать後的語法問題。動詞работать後接第五格，表示「從事的工作、職業」，例如Антон работал поваром. 安東以前當過廚師。所以第46題的答案應選擇 (Б) биологом。第47題有破折號「—」，所以破折號的左、右兩邊應該是同謂語，也就是說，左邊是第一格，右邊也應該是第一格，例如Антон – известный художник. 安東是一位著名的畫家。所以第47題應選擇答案 (А) биолог，因為破折號左邊是人名第一格。第48題考的是「從屬關係」。主詞是преподаватель，動詞是рассказывал「敘述」。動詞之後通常接前置詞о＋名詞第六格，在這裡是профессии「職業」。名詞後用第二格表從屬關係，也就是說「生物學家的職業」，所以第48題的答案要選擇 (В) биолога。值得一提的是，名詞биолог翻譯成中文須按照上、下文翻譯，不要一味地翻譯成「生物學家」，因為如果大學生是念生物系的話，他也可以被稱為биолог，我們就可以翻譯為「研究、學習生物的學生」，而不是「生物學家」。如果沒有上、下文的暗示，那就可翻譯為「生物學家」。

★ Мой отец работает *биологом*.

我父親從事生物學的相關工作。

★ Самир - *биолог*.

薩米爾是位生物學家。

★ Преподаватель рассказывал о профессии *биолога*.

老師敘述有關生物學相關職業的事情。

49. На экскурсии мы фотографировали ...

50. Я дал ... свой фотоаппарат.

選項：(А) нашего друга (Б) нашему другу (В) у нашего друга

分析：這兩題考的都是動詞後的語法問題。動詞фотографировать / сфотографировать是及物動詞，後接名詞第四格，是「拍照」的意思，所以答案應選 (А) нашего друга。動詞давать / дать「給予」，後接人用第三格、接物則用第四格，所以第50題要選擇 (Б) нашему другу。

★ На экскурсии мы фотографировали *нашего друга*.

在旅遊的時候我們幫我們的朋友拍照。

★ Я дал *нашему другу* свой фотоаппарат.

我把自己的相機借給了我們的朋友。

51. Я знаю ...

選項：(А) этот писатель (Б) этому писателю (В) этого писателя

分析：本題考的是動詞знать / узнать後的語法問題。動詞знать / узнать「知道、認識、得知」為及物動詞，後接名詞第四格。答案選項писатель「作家」為陽性動物名詞，第二格與第四格相同。選項 (А) этот писатель是第一格。選項 (Б) этому писателю是第三格。選項 (В) этого писателя為第二格或第四格。答案應選 (В)。另外，指示代名詞этот的意思是「這一個」，其陰性形式為эта，中性為это，複數為эти。相對的指示代名詞тот的意思是「那一個」，其陰性形式為та，中性為то，複數為те。它們與名詞一樣，都要變格。

★ Я знаю *этого писателя*.

我知道這位作家。

52. У меня две ...

選項：(А) сестёр (Б) сестры (В) сёстрам

分析：本題考的是數詞的語法問題。數詞1「один, одна, одно」後用名詞單數第一格，例如один брат, одна сестра, одно яйцо。俄語中如果數量是1，數詞通常會省略不用。數詞2「陽性два, 陰性две, 中性два」、3「不分性，皆為три」、4「不分性，皆為четыре」後用名詞單數第二格，例如два брата, три сестры, четыре яйца。而數字5及5以上則接名詞複數第二格，例如пять столов, двенадцать (12) книг, семнадцать (17) окон。請注意，數詞11至19皆適用數字5及5以上接名詞複數第二格，其他數詞的個位數則適用上述語法規定，例如21 брат、 33 сестры、 104 окна。選項 (А) сестёр是複數第二格。選項 (Б) сестры是單數第二格。選項 (В) сёстрам是複數第三格。答案應選 (Б)。

★ У меня две *сестры*.

我有兩個姊妹。

53. В нашей семье семь ...
選項：(А) человека (Б) человек (В) человеком

分析：承上題。數詞семь「7」後的名詞理應用複數第二格，但是человек「人」是個特殊的名詞。它的複數形式是люди，其複數第二格為людей。其特殊性也呈現在與數詞連用的形式：один человек, два человека, три человека, четыре человека，1到4都「正常」，但是數詞5及以上則不用複數第二格形式людей，而用單數第一格человек。相同的形式還有單詞раз「次、次數」，例如3 раза, четыре раза, 5 раз。所以本題答案應選 (Б)。

★ В нашей семье семь *человек.*
我們的家有七個人。

54. Они живут в этом доме одиннадцать ...
選項：(А) месяцев (Б) месяц (В) месяца

分析：承上題。數詞одиннадцать「11」後的名詞應用複數第二格。選項 (А) месяцев是複數第二格。選項 (Б) месяц是單數第一格與第四格。選項 (В) месяца是單數第二格。答案應選 (А)。另外，數詞одиннадцать為第四格，而非第一格，必須牢記。

★ Они живут в этом доме одиннадцать *месяцев.*
他們住在這棟房子11個月了。

55. В 2003 году Петербургу исполнилось 300 ...
選項：(А) лет (Б) года (В) годы

分析：承上題。數詞300 後的名詞應用複數第二格。名詞「年」的複數第二格是特殊變法，不是годов，而是лет。所以本題答案為 (А)。選項 (Б) года是單數第二格。選項 (В) годы是複數第一格或第四格。另外，動詞исполняться / исполниться是「滿多少歲」的意思，句中的第三格為「主體」，並非「主詞」，例如Антону исполнилось 22 года в мае. 安東在五月的時候滿22歲了。

★ В 2003 году Петербургу исполнилось 300 лет.
彼得堡在2003年的時候滿300年了。

56. В нашем городе много ...
選項：(А) театры (Б) театров (В) театр

分析：本題關鍵是много。該詞為「不定量數詞」，意思是「很多」，通常後接名詞第二格，但是要注意，如為不可數名詞，用單數第二格；若是可數名詞，則用複數第二格，例如У меня много времени. 我有很多時間；У меня много интересных книг. 我有很多有趣的書籍。名詞время當作「時間」解釋，是不可數名詞，若作為「時代」，則為可數名詞。劇院театр為可數名詞，答案應選 (Б)。

★ В нашем городе много *театров*.
在我們的城市有很多劇院。

57. До Москвы мы ехали восемь ...
選項：(А) часы (Б) часа (В) часов

分析：請參考上題解析。名詞час為可數名詞，是「小時」的意思，所以在第四格的數詞8之後，需要用複數第二格часов。本題答案應選 (В)。

★ До Москвы мы ехали восемь *часов*.
我們搭車花了八個小時到莫斯科。

58. Сегодня ... будет дискотека.
選項：(А) в общежитие (Б) в общежитии (В) к общежитию

分析：本題的主詞是名詞дискотека，意思是「舞廳」，但是在句中常常是「舞會」的意思。動詞是BE動詞будет，為第三人稱單數未來式，與主詞搭配。單詞сегодня是副詞，為「今天」的意思。選項 (А) в общежитие為前置詞в＋名詞第四格。名詞若為第四格，則應搭配移動動詞，意思是「去宿舍」或「來宿舍」。但是本題並無移動動詞作搭配，故不考慮。選項 (Б) в общежитии為前置詞в＋名詞第六格，表示「靜止」的狀態，需與BE動詞搭配，是本題答案。本題解題方式亦可參考第42題的解析說明。

★ Сегодня *в общежитии* будет дискотека.
明天在宿舍將有個舞會。

59. Мы купили сувениры ...

選項：(А) суббота (Б) в субботу (В) в субботе

分析：為表示「星期幾」，應用前置詞в＋星期第四格。請注意，須用星期第四格，而非第六格。本題應選答案 (Б) в субботу。俄文中「時間」主題的表示方法有趣且特殊，我們將在本書其他題目中陸陸續續會看到，將會提醒考生特別注意。

★ Мы купили сувениры *в субботу*.

我們在星期六買了紀念品。

60. Ибрагим переводит ... Достоевского.

選項：(А) роман (Б) романа (В) романов

分析：本題的解題先從答案選項著手。選項 (А) роман是陽性名詞，為單數第一格或第四格形式。若為第一格，則當作主詞，若為第四格，則為及物動詞後之直接受詞。選項 (Б) романа為單數第二格。選項 (В) романов則為複數第二格。本句主詞為Ибрагим，動詞為переводит。動詞переводит的原形動詞為переводить，是未完成體動詞，而完成體動詞為перевести。動詞為及物動詞，後接受詞第四格，例如Антон переводит статьи с русского языка на китайский. 安東將俄文文章翻譯成中文。請注意，將A語言翻譯成B語言俄文的用法是переводить / перевести с＋A語言第二格＋на＋B語言第四格。答案後的名詞第二格為修飾前面的名詞，作為「從屬關係」。本題答案為 (А) роман。

★ Ибрагим переводит *роман* Достоевского.

伊伯拉金正在翻譯杜斯托也夫斯基的小說。

61. Мы вернулись домой только ...
62. Посмотрите, какая красивая ...
選項：(А) ночи (Б) ночью (В) ночь

分析：本題的解題先從答案選項著手。選項 (А) ночи的原字是選項 (В) ночь，為陰性名詞，是「深夜」的意思。單詞ночи可為單數第二格、第三格或第六格；亦可為複數第一格或第四格。選項 (Б) ночью為單數第五格，當作時間副詞用，相關的副詞還有：утром「早上」、днём「白天」、вечером「晚上」，它們都是名詞的第五格作為時間副詞之用。第61題主詞為мы，動詞是вернулись。該動詞的原形是вернуться是完成體動詞，其未完成體動詞為возвращаться，意思是「返回」，通常後接前置詞＋名詞第四格，而本題為домой「回家」，是副詞形式。依照句意，第61題需要表時間的副詞，所以應選 (Б) ночью。第62題看到形容詞陰性第一格形式，所以後面名詞自然也應為陰性第一格形式，故選 (В) ночь。

★ Мы вернулись домой только *ночью*.
我們深夜才回到家。

★ Посмотрите, какая красивая *ночь*.
你們看，多麼美麗的夜晚啊。

63. Мы отдыхали на юге ...
64. Я поеду домой ...
65. Экзамен по математике будет в этом ...
選項：(А) месяце (Б) через месяц (В) месяц

分析：與前兩題相同，不僅是考句子的意思，也是考時間的用法。第63題的主詞是мы，動詞是отдыхали，動詞之後接前置詞на＋名詞第六格。根據句意，後應該表「一段時間」的選項，表示「在南部度假多久」的意思。在俄語中如果要表示「一段時間」，則應用表示時間的單詞第四格。切記，不得用前置詞！例如Антон писал письмо 30 минут. 安東寫信寫了30分鐘。所以本題應選選項 (В) месяц。另外，動詞отдыхать為未完成體動詞，而完成體動詞為отдохнуть，意思是「休息、度假」。第64題的主詞是я，動詞поеду，後接搭配移動動詞的副詞домой，所以答案應選 (Б) через месяц。前置詞через表「經過、之後」之意，後接名詞第四格，與完成體動詞поеду未來式的時態做合理搭配。第65題看到BE動詞будет，後接前置詞в＋指示代名詞第六格，所以後應合理搭配名詞第六格，故選 (А) месяце。

★ Мы отдыхали на юге *месяц*.
我們在南部度假一個月。

★ Я поеду домой *через месяц*.
我一個月之後回家。

★ Экзамен по математике будет в этом *месяце*.
數學考試將在本月舉行。

66. Вы очень хорошо ... стихи Лермонтова.
67. Студенты ... по-русски правильно.
68. Я каждое утро ... газеты.
選項：(А) читаю (Б) читаете (В) читают

分析：純粹是考未完成體動詞читать的變位。動詞читать的變位如下：я читаю、 ты читаешь、он / она читает、мы читаем、вы читаете、они читают。加了前綴之後的變位方式也相同。掌握動詞的變位是基本功夫。如果考生沒有背好基本的動詞變位規則或詞尾，則應再花時間加強相關知識。第66題主詞是вы，所以應選選項 (Б) читаете。第67題的主詞為第三人稱複數студенты，所以答案為 (В) читают。第68題的主詞為я，應選 (А) читаю。

★ Вы очень хорошо *читаете* стихи Лермонтова.
你們（您）把萊蒙托夫的詩讀得非常好。

★ Студенты *читают* по-русски правильно.
學生們正確地讀著俄語。

★ Я каждое утро *читаю* газеты.
我每天早上看報紙。

69. Мы долго ... , когда приедет Марина.
選項：(А) ждал (Б) ждали (В) ждёшь

分析：本題考動詞的時態與人稱。主詞是мы，所以選擇只有是複數形式。選項 (А) ждал是第一或第三人稱單數陽性過去式。選項 (Б) ждали是過去式、複數人稱形式，就是答案。選項 (В) ждёшь則為第二人稱單數現在式形式。

★ Мы долго *ждали*, когда приедет Марина.
我們等瑪琳娜的到來等了很久。

70. Завтра бабушка ... внуку сказки.
選項：(А) читает (Б) читала (В) будет читать

分析：本題考動詞的時態。主詞是бабушка，間接受詞是внуку第三格，直接受詞為сказки複數第四格。而關鍵在句中的時間副詞завтра「明天」，所以我們必須選擇表示未來時態的選項。選項 (А) читает是第三人稱單數現在式。選項 (Б) читала是第三人稱陰性過去式。選項 (В) будет читать為第三人稱單數未來式，與句中主詞相符，是答案。

★ Завтра бабушка *будет читать* внуку сказки.
明天奶奶會念故事給孫子聽。

71. Вчера Катя ... дома.
選項：(А) отдыхает (Б) отдыхала (В) будет отдыхать

分析：本題考的也是動詞的時態。關鍵詞是вчера「昨天」，所以我們必須選擇表示過去時態的選項。選項 (А) отдыхает是第三人稱單數現在式。選項 (Б) отдыхала是第三人稱陰性過去式。選項 (В) будет отдыхать 為第三人稱單數未來式。本題應選 (Б) отдыхала。

★ Вчера Катя *отдыхала* дома.
昨天卡嘉在家休息。

72. Раньше Пётр очень хорошо ... в футбол.
選項：(А) играть (Б) играл (В) играет

分析：本題考的也是動詞的時態。關鍵詞是時間副詞раньше「從前」，所以我們必須選擇表示過去時態的選項。選項 (А) играть是原形動詞，毫不考慮。選項 (Б) играл是第三人稱陽性過去式，與主詞Пётр符合。選項 (В) играет 為第三人稱單數現在式。本題應選 (Б) играл。

★ Раньше Пётр очень хорошо *играл* в футбол.
以前彼得足球踢得非常好。

73. Скажите, пожалуйста, где можно ... конверты?
選項：(А) купит (Б) купить (В) купил

分析：本題考的是副詞можно的用法。關鍵詞можно「可以」在句中通常作為無人稱謂語，後接原形動詞，表示「可以做什麼」，例如В библиотеке можно взять книги. 在圖書館可以借書。選項 (Б) купить是原形動詞，所以是答案。另外，該詞的反義詞為нельзя，用法相同，例如В библиотеке нельзя курить. 在圖書館禁止吸菸。

★ Скажите, пожалуйста, где можно *купить* конверты?
請問在哪裡可以買信封？

74. - Ты уже ... этот журнал? - Нет, ещё читаю.
選項：(А) прочитаешь (Б) прочитал

分析：本題考的是句意。關鍵詞уже是副詞，意思是「已經」，通常指的是過去的時間，例如Антон уже сделал домашнее задание. 安東已經做完功課了。選項 (Б) прочитал是動詞過去式，是答案。

★ – Ты уже *прочитал* этот журнал? – Нет, ещё читаю.

– 你已經看完這本雜誌了嗎？ – 不，我還正在看。

75. Раньше Миша всегда ... по 2 часа.

選項：(А) гулял (Б) гуляет (В) будет гулять

分析：本題考的是動詞時態。關鍵詞是時間副詞раньше「從前」，所以我們必須選擇表示過去時態的選項。選項 (А) гулял是第三人稱陽性過去式，與主詞Миша符合。選項 (Б) гуляет是第三人稱單數現在式。選項 (В) будет гулять為第三人稱單數未來式。本題應選 (А) гулял。另外，詞組по 2 часа中的數詞2是第四格，是習慣用語，需硬記。

★ Раньше Миша всегда *гулял* по 2 часа.

從前米沙總是散步兩個小時。

76. Сейчас Маша ... картину.

選項：(А) рисовала (Б) нарисовала (В) рисует

分析：本題考的是動詞時態。關鍵詞是時間副詞сейчас「現在」，所以我們必須選擇表示現在時態的選項。選項 (А) рисовала是第三人稱陰性過去式，人稱與主詞Маша相符，但時態不同。選項 (Б) нарисовала也是第三人稱陰性過去式，是完成體動詞。選項 (В) рисует為第三人稱單數現在式。本題應選 (В) рисует。

★ Сейчас Маша *рисует* картину.

現在馬莎在畫畫。

77. ..., пожалуйста, что Вы сказали.
選項：(А) повторяйте (Б) повторите (В) повтори

分析：本題是考動詞的體。選項 (А) повторяйте是未完成體動詞повторять的命令式。選項 (Б) повторите是完成體動詞повторить的命令式。選項 (В) повтори 也是完成體動詞повторить的命令式，但是повтори 為「非敬語」，而повторите為「敬語」。動詞的意思是「重複、複習」。本題關鍵在что Вы сказали「您說了什麼」。第一，我們必須用「敬語」，因為對象是Вы「您」；第二，我們請求對方重複剛剛所說過的話，合理的情形是請對方再說一次，而不是反覆地一直重複，所以用完成體動詞較為恰當。本題答案選擇 (Б) повторите。

★ *Повторите*, пожалуйста, что Вы сказали.
請重複您剛剛說的。

78. Мой дедушка каждый день ... газеты.
選項：(А) читать (Б) читает (В) прочитать

分析：本題考基本概念。主詞是мой дедушка，接著是表時間的形容詞＋名詞каждый день，詞組是「每天」的意思。名詞газеты為受詞，所以答案必須選一個符合主詞的動詞。主詞是第三人稱單數，所以答案自然應為第三人稱單數動詞。選項 (А) читать是未完成體動詞的原形形式。選項 (Б) читает是動詞читать的第三人稱單數現在式的變位，就是答案。選項 (В) прочитать是читать的完成體動詞，意思是「讀完」，例如Антон долго читал этот роман. Он сказал, что он обязательно прочитает его сегодня вечером. 安東這本小說讀了好久。他說他今天晚上一定會讀完它。另外請注意，詞組каждый день之前不須加任何前置詞。

★ Мой дедушка каждый день *читает* газеты.

我的爺爺每天看報紙。

79. Ты уже ... письмо?

80. Вчера Саша долго ... рассказ.

81. Андрей ... контрольную работу целый час.

選項：(А) писал (Б) написал

分析：這三題考完成體動詞與未完成體動詞的基本概念。第79題的關鍵詞是уже「已經」。根據意思，是問主詞「寫完信與否」，所以應用完成體動詞較為合理。第80題的關鍵詞是副詞долго「久」。副詞形容動詞，表示花費長時間在做一個動作。在動詞體的考慮角度，我們必須將「久」看成是時間的一個「面」，而非一個「點」。表示時間的「面」可以是долго、два часа 「兩個小時」、раньше「以前」、весь год「一整年」等等表示「持續一段時間」的時間。請注意，一段時間的長短是相對的，而非絕對的。五分鐘你可以看作是很短的一段時間，但是這「很短的」時間對其他人來說或許已經「很久」，而不管這五分鐘是長、或是短，他在動詞的後面就是應用未完成體。第81題也是時間的「面」，因為有целый час「整個小時」，所以也應用未完成體動詞。

★ Ты уже *написал* письмо?

你已經寫完信了嗎？

★ Вчера Саша долго *писал* рассказ.

昨天薩沙故事寫了很久。

★ Андрей *писал* контрольную работу целый час.

安德烈小考寫了整整一個小時。

82. Сейчас Юля ... в библиотеку.
選項：(А) идёт (Б) ходит

分析：本題考沒有加前綴的移動動詞之基本概念。關鍵詞是時間副詞сейчас「現在」。移動動詞分為兩大族群：定向的移動動詞與不定向的移動動詞。定向的移動動詞，顧名思義，指的就是單一方向的移動；而不定向的移動動詞則是不規律、來來去去地移動。定向的移動動詞通常用在「當下」的時間，可以是現在進行式，也可以是過去進行式，例如Сейчас Антон идёт на почту. 現在安東正走去郵局。動詞идёт是現在式，也是現在進行式；又如Антон шёл на почту, когда я увидел его. 當我看到安東的時候，他正走去郵局。動詞шёл是過去式，也是過去進行式。依據句意，看到安東的時候，他正走去郵局，這「走去郵局」的移動一定是「定向」的，因為當看到安東的時候，他不可能像無頭蒼蠅一般，繞來繞去，沒有個方向。畢竟句子提到安東「當下」是去郵局，就表示是一個定向的移動。本題的關鍵詞сейчас說明了「當下」的時間，故選 (А) идёт。

★ Сейчас Юля *идёт* в библиотеку.
現在尤莉亞正走去圖書館。

83. Каждую неделю я ... в театр.
選項：(А) иду (Б) хожу

分析：第82題考的是定向的移動動詞，而本題則是考不定向移動動詞的概念。如果定向動詞通常用在「當下」的時間，那麼不定向動詞則是用在有「頻率副詞」或是表示「反覆動作」詞組的句子中，例如Антон часто ходит на стадион. 安東常常去體育館。副詞часто為「頻率副詞」，是「常常」的意思，移動動詞必須用不定向。本提詞組каждую неделю「每週」，為第四格，也是表達「頻率」的詞組，所以本題應選 (А) хожу。

★ Каждую неделю я *хожу* в театр.
我每個星期去看戲。

84. Джон, ... в субботу на выставку!
85. Летом мы часто ... на экскурсии.
86. Я хочу есть, ... обедать!
選項：(А) пойдём (Б) ходим

分析：這三題考的是完成體／未完成體、定向／非定向移動動詞的基本概念。我們分析答案的選項，藉以解題。選項 (А) пойдём是定向完成體動詞пойти的第一人稱複數的變位，例如Пойдём гулять. 我們去散步吧！動詞為完成體，所以指的是「未來式」，後通常接原形動詞。選項 (Б) ходим是不定向動詞ходить的第一人稱複數的變位，是現在式。如上題所述，該動詞與表「反覆動作」詞組或是「頻率副詞」連用，例如Мы обычно ходим в китайский ресторан. 我們通常去中餐廳。副詞обычно是「通常」的意思，表「反覆、重複」的行為。依照句意，第84題是周六要去，視為未來式，而非重複的行為，應選 (А) пойдём。第85題有頻率副詞часто，故選 (Б) ходим。第86題也是表達不久的未來想做的事情，應選 (А) пойдём。

★ Джон, *пойдём* в субботу на выставку!

約翰，我們星期六去看展覽吧！

★ Летом мы часто *ходим* на экскурсии.

夏天我們常去旅遊。

★ Я хочу есть, *пойдём* обедать!

我想吃東西。我們去吃午餐吧！

87. Дима! ... сюда.

選項：(А) ходи (Б) иди

分析：本題是定向／不定向移動動詞的命令式。如果我們定向／不定向移動動詞的概念清楚，命令式的使用就如同動詞其他的形式一樣，沒有特別的規則。本題句中有地方副詞сюда「來這裡」，動作的移動方向明確，所以要用定向的移動動詞命令式иди，答案應選 (Б)。

★ Дима! *Иди* сюда.

季馬，過來！

88. Университет недалеко от общежития, мы каждый день ... туда пешком.

89. Мы каждое лето ... на море.

選項：(А) ездим (Б) пойдём (В) ходим

分析：延續上面的眾多題目，這二題考的也是定向／不定向移動動詞與搭乘交通工具與否的基本概念。我們分析答案的選項來解題。選項 (А) ездим是需要搭乘交通工具的不定向移動動詞，為第一人稱複數的現在式。選項 (Б) пойдём是定向完成體移動動詞пойти的第一人稱複數的變位，例如Пойдём гулять. 我們去散步吧！動詞為完成體，所以指的是「未來式」，後通常接原形動詞。選項 (В) ходим是不需要交通工具的不定向動詞ходить的第一人稱複數的變位，是現在式。第88題有表示頻率的詞組каждый день「每天」，而關鍵詞則是副詞пешком「步行」，所以應選 (В) ходим。第89題也有表示頻率的詞組каждое лето「每個夏天」，所以也是應搭配非定向移動動詞，應選 (А) ездим。

★ Университет недалеко от общежития, мы каждый день *ходим* туда пешком.
大學離宿舍不遠，我們每天用走路的去那裡。

★ Мы каждое лето *ездим* на море.
我們每個夏天去海邊。

90. Это студенты, ... приехали из Китая.
91. Автобус, ... стоит на остановке, поедет в центр.
92. Вот письмо, ... ты получил сегодня утром.
選項：(А) которое (Б) которые (В) который

分析：這三題考的是關係代名詞который的性與數。關係代名詞который代表前面主句的名詞，而關係代名詞除了要性與數一致之外，也要依照其在從句所扮演的角色來變格，例如Антон получил посылку, которую прислала ему Анна. 安東收到安娜寄來的包裹。關係代名詞которую 為陰性第四格，代替前面的名詞посылку（第一格為посылка，陰性名詞）。它作為動詞прислала（原形動詞為прислать，意思是「寄至」）的受詞第四格，所以是которую。選項 (А) которое 是中性，是第92題的答案，代表前面的名詞письмо，在句中為動詞получил 的受詞第四格。選項 (Б) которые是複數，是第90題的答案，代替前面的複數名詞студенты，在句中為主詞第一格，動詞為приехали。選項(В) который是第91題的答案，因為它是單數陽性，代替前面的名詞автобус，在句中是主詞，動詞是стоит。

★ Это студенты, *которые* приехали из Китая.
這些是來自中國的學生。

★ Автобус, *который* стоит на остановке, поедет в центр.
停靠站牌的公車等下要出發到市中心。

★ Вот письмо, *которое* ты получил сегодня утром.
這就是你今天早上收到的信。

93. Сегодня плохая погода, ... мы пойдём гулять.
94. Мой брат - студент, ... сестра - врач.
95. Джон - инженер, ... Виктор тоже инженер.
選項：(А) и (Б) а (В) но

分析：這三題考的三個連接詞。連接詞и、а、но分別的意思為「也；而、可是；但是、可是、然而」。連接詞и表示前後為同等、並列的關係。連接詞а表示前後為對比的關係。連接詞но表示前後為轉折的關係，下文與上文意思相反或相對的意思。第93題的上文是「天氣不好」，下文是「去散步」，所以應該是一種上下文意思相反或相對的意思，所以要選 (В)。第94題的上文是「學生」，而下文是「醫生」，所以上下文是對比的意思，要選 (Б)。第95題的上文是「工程師」，下文也是「工程師」，所以表示前後同等、並列關係，要選 (А)。

★ Сегодня плохая погода, *но* мы пойдём гулять.
今天雖然天氣不好，我們還是要去散步。

★ Мой брат - студент, *а* сестра - врач.
我的哥哥是個大學生，而我的姊姊是位醫生。

★ Джон - инженер, *и* Виктор тоже инженер.
約翰是工程師，維克多也是工程師。

96. Наташа сказала, ... завтра будет холодно.
選項：(А) что (Б) кто

分析：選項 (А) что可當作「疑問代名詞」，例如Что ты сказал? 你說了甚麼？可當作「關係代名詞」，例如Расскажи, что у тебя нового. 說說看，你有甚麼新聞。也可做為複合句中的「連接詞」，例如Антон знает, что у него будет экзамен завтра. 安東知道他明天有個考試。選項 (Б) кто是「疑問代名詞」，例如Кто это? 這是誰？也是「關係代名詞」，做為複合句的聯繫用語，例如Антон знает, кто придёт завтра. 安東知道明天誰會來。依照句意，此處應用無生命的 (А) что，作為複合句的「連接詞」。

★ Наташа сказала, *что* завтра будет холодно.
娜塔莎說明天會冷。

97. Ребёнок любит, ... мама играет с ним.
98. Да, я знаю, ... преподаватель.
選項：(А) где (Б) когда (В) почему

分析：只要分析句子的意思，並了解選項單詞的用法，就能解題。第97題是「小孩喜歡媽媽跟他玩」，連接上下文的「疑問副詞」когда表示「時間、甚麼時候」，答案是 (Б) когда。第98題要選 (А) где「老師在哪裡」。疑問副詞почему的意思是「為什麼」，與句意不符。

★ Ребёнок любит, *когда* мама играет с ним.
小孩子喜歡媽媽跟他玩。

★ Да, я знаю, *где* преподаватель.
是的，我知道老師在哪裡。

99. Когда я отдыхаю, я ... .
選項：(А) слушал музыку (Б) слушаю музыку (В) послушал музыку

分析：本題考的是基本時態。上文的動詞是отдыхаю，是第一人稱現在式的變位。其原形動詞是отдыхать，完成體的動詞為отдохнуть。既然上文是現在式，依照句子的意思，下文也應用現在式，所以應選 (Б) слушаю музыку。依照語法概念，兩個未完成體動詞在句中表示「一個動作是另一個動作的背景」，值得考生熟記。

★ Когда я отдыхаю, я *слушаю музыку*.
當我休息的時候，我聽音樂。

100. Когда мы ... упражнение, мы начали читать текст.
選項：(А) делали (Б) сделали (В) будем делать

分析：本題考的是基本時態與動詞體的用法。下文的動詞是начали，是第三人稱複數過去式，原形動詞是начать，為完成體動詞，未完成體動詞是начинать。請注意，該動詞後如果接原形動詞，則應接未完成體動詞，如本句一樣，用читать。根據句意與語法規則，本題答案必須也是完成體動詞過去式，表示兩個完成體的動詞「依照先後次序完成」，也就是說「先寫完練習，後開始讀課文」，應選 (Б) сделали。

★ Когда мы *сделали* упражнение, мы начали читать текст.
當我們寫完練習之後，我們開始讀課文。

基礎級

БАЗОВЫЙ УРОВЕНЬ

測驗一：名詞的格

請選擇一個正確的答案。

1. Я часто хожу ...
2. Мы говорили ...
3. Моя подруга работает ...

選項：(А) новым бассейном (Б) в новый бассейн (В) о новом бассейне (Г) в новом бассейне

分析：選項 (А) новым бассейном是形容詞новым＋名詞бассейном的詞組，意思是「新的泳池」，在此為第五格。選項 (Б) в новый бассейн有前置詞в＋形容詞與名詞第四格。前置詞в或на＋名詞第四格表示「前往某處」之意，通常句中搭配移動動詞或表示「去某地」之動詞使用，例如Антон *ходил* в кино вчера. 安東昨天去看電影；Антон *пригласил* меня на ужин. 安東邀請我去吃晚餐。選項 (В) о новом бассейне是第六格。前置詞о＋名詞第六格是「談論」的意思，通常與有「談話」意思的動詞連用，例如говорить「說」、рассказывать「敘述」、разговаривать「聊天」等等。選項 (Г) в новом бассейне是第六格，表示「靜止的狀態」。前置詞в或на＋名詞第六格，通常表示一個「靜止的地點」，句中不會有移動動詞，例如Антон *гуляет* в парке. 安東在公園散步。第1題的關鍵詞是хожу，原形動詞是ходить，是移動動詞，應選 (Б) в новый бассейн。第2題有動詞говорили，原形動詞是говорить，答案是 (В) о новом бассейне。第3

題的關鍵詞是動詞работает，原形動詞是работать，意思是「工作」，通常後接「時」或「地」。如接「地」，則用第六格，表示「靜止的地點」，所以答案應選 (Г) в новом бассейне。

★ Я часто хожу *в новый бассейн*.
我常去新的游池游泳。

★ Мы говорили *о новом бассейне*.
我們談論新的泳池。

★ Моя подруга работает *в новом бассейне*.
我的朋友在新的泳池工作。

4. Анне нравится мой ...
5. В письме она писала ...
6. Я купил открытки ...
7. Мы ходили на выставку ...

選項：(А) старшему брату (Б) со старшим братом (В) о старшем брате (Г) старший брат

分析：選項 (А) старшему брату是形容詞старшему＋名詞брату的詞組，意思是「哥哥」，在此為第三格，可作為動詞的「間接受詞」。選項 (Б) со старшим братом為前置詞с＋第五格，表示「與某人或某物」之意，例如Мне нравится гулять *с Антоном*. 我喜歡跟安東散步。選項 (В) о старшем брате是前置詞о＋第六格，此處表示「有關哥哥」之意。選項 (Г) старший брат是第一格，在句中當作主詞。第4題的關鍵詞是動詞нравится，是第三人稱單數現在式變位，原形動詞為нравиться，完成體動詞為понравиться，意思是「喜歡」。動詞用法要記住：表示主動「喜歡某人或某物」的名詞用第三格，是句子的「主體」；而「被喜歡的人或物」為第一格，是「主詞」。用法特殊，請務必熟記。名詞Анне是第三格，所以答案應選擇第一格的 (Г) старший брат。第5題有動詞писала，原形動詞是писать，意思是「寫；寫信」。句中的關鍵是в письме「在信中」，所以我們應該知道不是寫信給哥哥，所以哥哥不是間接受詞，不能用第三格。句子的意思是寫有關哥哥的事情，所以答案是 (В) о старшем брате。第6題的關鍵詞是動詞купил，原形動詞是купить，意思是「買」，通常後接人用第三格、接物用第四格。名詞открытки是複數第四格，所以答案為 (А) старшему брату。第7題的句意完整，選項就像是個「點綴句子的元素」，答案選 (Б) со старшим братом。請注意，詞組мы со старшим братом = я и старший брат要譯為「我跟哥哥」，而不是「我們跟哥哥」。

★ Анне нравится мой *старший брат*.

安娜喜歡我的哥哥。

★ В письме она писала *о старшем брате*.

在信中她寫了有關哥哥的事情。

★ Я купил открытки *старшему брату*.

我買了明信片給哥哥。

★ Мы ходили на выставку *со старшим братом*.

我跟哥哥去看展覽。

8. Наташа познакомилась ...
9. Мы подарили цветы ...
10. Мой друг - ...
11. Я встретил на выставке ...

選項：(А) известный писатель (Б) с известным писателем (В) известному писателю (Г) известного писателя

分析：這四題我們用不同於前面解題的方式來分析。前面是先分析答案的語法形式，而後回到題目找與這些語法形式相符合的元素，進而解題。現在我們先分析題目的關鍵詞，分析關鍵詞的慣用型態，而後從選項中找到符合的詞組。透過不同的解題方式，讓考生有多元的思考，解題更為迅速、確實。

第8題的關鍵詞是動詞познакомилась。語法型態為第三人稱單數陰性過去式，與主詞Наташа搭配。該動詞是完成體動詞，其未完成體動詞為знакомиться，動詞後通常接前置詞с＋名詞第五格，意思是「與某人認識或與某物熟悉」。所以應該要選 (Б) с известным писателем。形容詞известный是「著名的」的意思，名詞писатель是「作家」。值得注意的是形容詞的發音。子音字母 -стн- 的組合時，字母т不發音。第9題的主詞是мы，動詞是подарили，受詞是цветы。動詞подарили的原形動詞形式為подарить，為完成體動詞，未完成體動詞為дарить，意思是「送」。動詞後接人用第三格、接物用第四格。受詞цветы正是第四格，意思是「花」，為複數，單數是цветок。所以本題應選人第三格，答案是 (В) известному писателю。第10題мой друг之後接「破折號」，表示符號之前與之後為同謂語，也就是說，符號之前是第幾格，那麼符號之後也要用同樣的格。本題мой друг為第一格，所以答案也必須為第一格，應選 (А) известный писатель。第11題的關鍵詞為動詞встретил。該動詞為完成體動詞，其未完成體動詞為встречать，意思是「碰到、遇見；接送」。我們發現動詞的意思可以非常不同，甚至彼此矛盾。當動詞後接大型的交通運輸總站時，我們應譯為「接送」，例如Антон встретил меня в аэропорту. 安東在機場接我。如果是其他的地點，則應譯為「遇見」，例如Вчера Антон встретил Анну в магазине. 昨天安東在商店裡遇見安娜。動詞後的受詞меня及Анну為第四格，所以答案應選 (Г) известного писателя。

★ Наташа познакомилась *с известным писателем.*

娜塔莎認識了一位知名的作家。

★ Мы подарили цветы *известному писателю.*

我們送花給一位知名的作家。

★ Мой друг - *известный писатель.*

我的朋友是一位知名的作家。

★ Я встретил на выставке *известного писателя.*

我在展覽會上遇到一位知名的作家。

12. Марина заботится ...

13. Марк часто гуляет ...

14. Вчера ... был день рождения.

選項：(А) младшая сестра (Б) у младшей сестры (В) о младшей сестре (Г) с младшей сестрой

分析：第12題的關鍵詞是動詞заботится。動詞是未完成體動詞，而完成體動詞為позаботиться。動詞後接前置詞 о＋名詞第六格，有「關心，照顧」之意，所以答案應選 (В) о младшей сестре。形容詞младший意思是「年紀較輕的」，反義詞為старший「年紀較長的」。考生應將形容詞старший與старый「老的，舊的」區別清楚。第13題的關鍵是句意。動詞гулять後接地點，也可以接人，所以答案為 (Г) с младшей сестрой。第14題的主詞是день рождения「生日」，動詞是был，本題考的是固定句型：у кого есть＋名詞第一格，意思是「某人有某物」。本題應選 (Б) у младшей сестры。

★ Марина заботится *о младшей сестре.*

瑪琳娜照顧妹妹。

★ Марк часто гуляет *с младшей сестрой*.

馬克常常跟妹妹散步。

★ Вчера *у младшей сестры* был день рождения.

昨天妹妹過生日。

15. Я встретила в музее ...

16. Я люблю петь песни вместе ...

17. ... всегда покупает здесь цветы.

18. Антон часто спрашивает меня ...

選項：(А) моя подруга (Б) о моей подруге (В) мою подругу (Г) с моей подругой

分析：第15題的關鍵詞是動詞встретила。相關說明請參考第11題的解析，本題應選 (В) мою подругу。第16題的主詞是я，動詞是люблю петь，後接名詞第四格複數песни，作為受詞。句中另有一副詞вместе，是「一起」的意思，後通常接前置詞 с＋名詞第五格。同時依照句意，本題應選 (Г) с моей подругой。第17題首先看到副詞всегда「總是」，後為第三人稱單數現在式動詞покупает「買」。動詞為未完成體動詞，而完成體動詞為купить，後接人第三格，接物受詞第四格，此為цветы。句子完整，獨缺主詞，所以答案應為主詞第一格，故選 (А) моя подруга。第18題的關鍵詞是動詞спрашивает。該動詞的完成體動詞為спросить，意思是「問」。用法是動詞後接人第四格。如果是「問人某件事情或某人」，則某件事情或某人應用前置詞о＋名詞第六格。句中的меня為第四格，所以答案應選 (Б) о моей подруге。另外，請考生特別注意，有一對動詞與本動詞構造與意思皆為相近，要特別注意，那就是просить / попросить，做「請求，要求」解釋。

★ Я встретила в музее *мою подругу*.

我在博物館遇到了我的朋友。

★ Я люблю петь песни вместе *с моей подругой*.

我喜歡跟我的朋友一起唱歌。

★ *Моя подруга* всегда покупает здесь цветы.

我的朋友總是在這裡買花。

★ Антон часто спрашивает меня *о моей подруге*.

安東常常問我有關我朋友的事。

19. Студенты идут ...
20. Джулия была ...
21. Сегодня у нас нет ...
22. ... начинается в 14 часов.

選項：(А) на последней лекции (Б) последней лекции (В) последняя лекция (Г) на последнюю лекцию

分析：第19題的關鍵詞是移動動詞идут。該動詞的原形是идти，為「定向」的移動動詞，而成對的「不定向」移動動詞是ходить。兩個動詞的意思是「去」，為「步行」，而非「搭乘交通工具」的移動。動詞後通常接前置詞＋名詞第四格，或表示「移動」的副詞，例如Антон идёт на почту. 安東正走去郵局；Мы с мамой идём домой. 我跟媽媽正走回家。名詞почту為陰性名詞почта的第四格，所以本題應選 (Г) на последнюю лекцию。相對於第19題，第20題的關鍵詞是BE動詞была，其語法型態為第三人稱單數陰性過去式。與移動動詞不同的是，BE動詞後通常表示「靜止」的狀態，也就是說，動詞後接前置詞＋名詞第六格，或是表示「靜態」的副詞，例如Антон был в университете. 安東在大學（更好的翻譯是：安東去過了大學）；Антон был дома, но сейчас он у Анны в гостях. 安東剛剛在家，但是他現在在安娜家做客。本題應選 (А) на последней лекции。第21題是基本句型：у кого＋есть＋名詞第一格，意思是「某人有某物」；表示相反的意思則是у кого＋нет＋名詞第二格，為「某人沒有某物」，所以本題的答案是 (Б) последней лекции。第22題的動詞是начинается，為第三人稱單數現在式的形式。該動詞的原形是начинаться / начаться，是「開始」的意思。動詞後我們看到前置詞в＋時間第四格，表示「在幾點」的意思。請考生注意，因為第四格與第一格的形式相同，考生不應誤解為時間是第一格。本句已有動詞，且為第三人稱單數形式，所以答案應為主詞第一格，故選 (В) последняя лекция。

★ Студенты идут *на последнюю лекцию*.
學生去上最後一堂課。

★ Джулия была *на последней лекции*.
茱莉亞去上過最後一堂課。

★ Сегодня у нас нет *последней лекции*.
今天我們最後一堂沒課。

★ *Последняя лекция* начинается в 14 часов.
最後一堂課下午兩點開始。

23. Сегодня у него ...

24. Он серьёзно готовился ...

25. Мы долго говорили ...

26. В этом семестре у нас нет ...

選項：(А) трудного экзамена (Б) о трудном экзамене (В) трудный экзамен (Г) к трудному экзамену

分析：第23題的關鍵句型是：у кого＋есть＋名詞第一格，意思是「某人有某物」，請參閱第21題的解析。另外，如果есть之後有表示「質量的」詞來修飾名詞，則есть可以省略。本題應選第一格的詞組 (В) трудный экзамен。第24題的關鍵詞為動詞готовился。該動詞的原形是готовиться，為未完成體動詞，完成體動詞為подготовится。動詞之後通常接前置詞к＋名詞第三格，表示「為某物準備」，所以本題應選 (Г) к трудному экзамену。第25題的關鍵詞也是動詞。動詞говорить通常後接前置詞о＋名詞第六格，意思是「談論某人或某物」。本題答案是 (Б) о трудном экзамене。第26題的句型是у кого＋нет＋名詞第二格，為「某人沒有某物」的意思，所以本題的答案是 (А) трудного экзамена。

★ Сегодня у него *трудный экзамен*.
今天他有個困難的考試。

★ Он серьёзно готовился *к трудному экзамену*.
他認真地準備困難的考試。

★ Мы долго говорили *о трудном экзамене*.
我們許久談論了困難的考試。

★ В этом семестре у нас нет *трудного экзамена*.
我們在這個學期沒有困難的考試。

27. Мы говорили ...
28. Дай мне, пожалуйста, ...
29. Мне очень нужна ...
30. В библиотеке нет ...
選項：(А) эту книгу (Б) об этой книге (В) этой книги (Г) эта книга

分析：第27題的關鍵是動詞говорили，請參閱第25題的解析。本題應選 (Б) об этой книге。第28題的關鍵詞也是動詞дай。該動詞為命令式，其原形動詞為дать，是完成體動詞，未完成體動詞為давать，意思是「給予」。動詞後通常接人第三格，接物第四格，所以本題應選 (А) эту книгу。第29題是形容詞нужный短尾形式的固定句型：人（是主體，而非主詞）第三格＋нужен, нужна, нужно, нужны＋被需要的主詞第一格（陽性單數為нужен，陰性單數為нужна，中性單數為нужно，複數為нужны），例如Антону нужен этот учебник. 安東需要這本課本；Антону нужна эта гитара. 安東需要這把吉他；Анне нужно время. *安娜需要時間*；Анне нужны деньги. *安娜需要錢*。第29題的答案是 (Г) эта книга。第30題的關鍵詞是нет「沒有」。否定用第二格，所以應選 (В) этой книги。

★ Мы говорили *об этой книге*.
我們談論這本書。

★ Дай мне, пожалуйста, *эту книгу*.
請給我這本書。

★ Мне очень нужна *эта книга*.
我非常需要這本書。

★ В библиотеке нет *этой книги*.
圖書館沒有這本書。

31. Мой брат родился ...
32. Это стихи ...
33. ... - самое хорошее время года.

選項：(А) весна (Б) о весне (В) весной (Г) весну

分析：第31題的關鍵是動詞родился。該動詞的原形為родиться，意思是「出生」，通常與表示「地方」或是「時間」的副詞與詞組連用，例如Антон родился в Москве в 1998 году. 安東1998年出生於莫斯科。本題應選 (В) весной。請注意，名詞весна「春天」的第五格可作為副詞使用，意思是「在春天」。其他相似情形為：летом「在夏天」、осенью「在秋天」、зимой「在冬天」。第32題的關鍵詞是名詞стихи。該名詞是複數形式，意思是「詩」。該名詞與其他相關的詞，如книга、роман、рассказ等，如果要說明其屬性，後面用前置詞о＋名詞第六格來表示即可，意思是「關於什麼的詩、書、小說、故事」，所以本題應選 (Б) о весне。第33題的關鍵是破折號「-」。我們在第10題的時候就看到類似的題目，看到破折號就應該清楚符號的左右兩邊在語法上應是同等的「地位」。本題右邊是詞組самое хорошее время года，是第一格的詞組 самое хорошее время＋名詞第二格года，表示「從屬關係」，所以答案也應該是第一格，故選 (А) весна。

★ Мой брат родился *весной*.
我的弟弟在春天出生的。

★ Это стихи *о весне*.
這是一首關於春天的詩。

★ *Весна* - самое хорошее время года.
春天是一年當中最好的季節。

34. Летом Карлос поедет ...
35. Мой друг очень любит ...
36. Она часто говорит ...
選項：(А) своего отца (Б) о своём отце (В) свой отец (Г) к своему отцу

分析：第34題的動詞是關鍵。移動動詞поедет的原形是поехать，是一個完成體的定向移動動詞。我們一定要掌握移動動詞的用法：去某地是用前置詞＋名詞，大多為в或на＋名詞第四格，例如Антон поедет в Тайбэй завтра. 安東明天要去台北。如果不是去某處，而是去找某人，那麼就要用前置詞к＋人第三格，例如Антон поедет в деревню к бабушке. 安東要去鄉下找奶奶。第34題應選 (Г) к своему отцу。第35題的關鍵也是動詞。動詞любить為及物動詞，後接受詞人或物第四格，所以答案應選 (А) своего отца。第35題的關鍵還是動詞。動詞говорить在第27題已出現過，後通常可接人第三格，或接前置詞о＋名詞第六格，表示「談論」之意，所以應選 (Б) о своём отце。

★ Летом Карлос поедет *к своему отцу*.
夏天卡洛斯要去找父親*。

★ Мой друг очень любит *своего отца*.
我的朋友非常愛父親。

★ Она часто говорит *о своём отце*.
她常常說父親的事情。

* 依照中文使用方式，物主代名詞свой在此省略不譯。

37. Мы начали изучать русский язык ...
選項：(А) этот месяц (Б) в этом месяце (В) об этом месяце

分析：本題的解題方式要從了解句意著手。主詞是мы，動詞是начали изучать，受詞是русский язык。句子結構單純，沒有任何刁難之處。動詞начали是完成體動詞，原形動詞是начать，而未完成體動詞是начинать，意思是「開始」。

請注意，該動詞之後所接的原形動詞一定要是未完成體動詞。用法相關的動詞還有кончать / кончить「結束」、продолжать / продолжить「持續」。既然是完成體過去式，所以是表示在某一個過去的時間，應選 (Б) в этом месяце。

★ Мы начали изучать русский язык *в этом месяце*.

我們在這個月開始學俄文。

38. Мы хотим поехать ...

選項：(А) юг (Б) на юге (В) на юг

分析：本題的解題方式請參考第34題。移動動詞поехать後接前置詞＋地方第四格，所以應選 (В) на юг。

★ Мы хотим поехать *на юг*.

我們想要去南部。

39. Книга лежит ...

選項：(А) стол (Б) столу (В) на столе

分析：本題的關鍵詞是動詞лежит。該動詞的原形形式為лежать，意思是「躺著、平放」，通常後接前置詞＋名詞第六格，表示「靜止」的動作，所以應選 (В) на столе。值得注意的是，翻譯該句型時，動詞最好省略不譯，而以BE動詞代替為佳，以符合中文使用方式。

★ Книга лежит *на столе*.

書在桌上。

40. Дети гуляют ...
選項：(А) площадь (Б) о площади (В) по площади

分析：本題的關鍵詞是動詞гуляют。該動詞的原形形式為гулять，是「散步、遊玩」等類似的意思，真正的詞意須依上下文決定。動詞後接前置詞＋名詞，可用в＋名詞第六格，如в Москве；也可用по＋名詞第三格，如по музею，或是本題的答案по площади，亦為表示「靜止」的動作，可做「在某處散步、遊玩」解釋。

★ Дети гуляют *по площади*.
孩子們在廣場上散步。

41. Студенты сидят ...
選項：(А) аудитория (Б) в аудиторию (В) в аудитории

分析：本題的關鍵詞是動詞сидят。該動詞的原形形式為сидеть，是「坐著」的意思。動詞後通常接地方副詞或是前置詞＋名詞第六格，因為是「坐著」，所以是表示「靜止」的動作。另外動詞садиться / сесть則是「坐下」的意思，並非「靜止」的狀態，而是移動的「動作」，所以後接第四格，而非第六格，例如Антон сел в автобус и поехал в университет. 安東坐上公車後前往大學。本題應選 (В) в аудитории。請注意，在翻譯的時候，動詞可選擇省略不譯。

★ Студенты сидят *в аудитории*.
學生們（坐）在教室裡。

42. Моя сестра работает ...
選項：(А) о почте (Б) на почте (В) почта

分析：動詞работает的原形形式為работать，是「工作」的意思。這是一個「萬用」動詞，可表示某物「運作」之意，例如Мои часы работают. 我的手錶運作正常；Моя голова не работает. 我的腦袋不清楚。如為「工作」之意，則後通常接地方副詞或是前置詞＋名詞第六格，所以本題應選 (Б) на почте。

★ Моя сестра работает *на почте*.
我的姊姊在郵局上班。

43. Я учусь ...
選項：(А) политический университет (Б) в политическом университете (В) политического университета

分析：動詞учусь的原形形式為учиться，是「學習、念書」的意思。動詞後通常接表時間或地方的副詞或詞組，亦或是接前置詞＋名詞第六格，例如Маша учится в школе в Москве. 瑪莎在莫斯科的中學就讀。所以本題應選 (Б) в политическом университете。

★ Я учусь *в политическом университете*.
我念政治大學。

44. Мой родной город находится ... Китая.
選項：(А) север (Б) на север (В) на севере

分析：本題的關鍵是動詞находится。它的原形形式為находиться，是「位於、坐落於」的意思。動詞後通常接表示地方的副詞或詞組，亦或是接前置詞＋名詞第六格，為「靜止」的狀態，所以本題應選 (B) на севере。名詞Китая為第二格，作為修飾前一名詞севере的「從屬關係」。

★ Мой родной город находится *на севере* Китая.
我的故鄉在中國北方。

45. Вчера студенты были ...
選項：(А) экскурсия (Б) об экскурсии (В) на экскурсии

分析：動詞были是BE動詞，原形形式為быть，是表「靜止」的狀態。動詞後如果接名詞，則須用第五格，例如Антон был инженером. 安東曾是位工程師。動詞後如果接地點，則須用地方副詞或接前置詞＋名詞第六格，所以本題應選 (В) на экскурсии。另外，在語法上該句型的動詞可用移動動詞代替，則後接前置詞＋名詞第四格，所以本句可改為Вчера студенты *ездили* на *экскурсию*，而翻譯時也應翻譯為移動動詞的形式。

★ Вчера студенты были *на экскурсии*.
昨天學生們去旅遊。

46. Родители Ахмеда живут ...
選項：(А) Сирия (Б) Сирией (В) в Сирии

分析：動詞живут是「居住、生活」的意思，表「靜止」的狀態。原形動詞為жить。因為是靜態的行為，所以是表示居住的地點，動詞後須接地方副詞或接前置詞＋名詞第六格，所以本題應選 (В) в Сирии。

★ Родители Ахмеда живут *в Сирии*.
阿赫梅德的父母親住在敘利亞。

47. Они долго стояли ...
選項：(А) мост (Б) по мосту (В) на мосту

分析：動詞стояли是原形стоять「站立」的第三人稱複數過去式的形式。動詞的意思是「靜止」的狀態，所以為表示站立的地點，動詞後須接地方副詞或接前置詞＋名詞第六格，所以本題應選 (В) на мосту。請注意，俄語中有若干陽性名詞有兩種第六格形式，一是以-е結尾，一是以-у結尾，而且重音在у。如果要表達地點，則應用-у。常用單詞如：мост – на мосту、сад – в саду、пол – на полу、угол – в углу、лес – в лесу、год – в году等。

★ Они долго стояли *на мосту*.
他們在橋上站立許久。

48. Друзья любят гулять ...
選項：(А) в лесу (Б) о лесе (В) лес

分析：本題的關鍵詞是動詞гулять。相關用法可參考第40題動詞的用法及第47題名詞的特殊第六格形式。本題應選 (А) в лесу。

★ Друзья любят гулять *в лесу*.
朋友們喜歡在森林裡散步。

49. Маленький ребёнок спал ...
選項：(А) диван (Б) на диване (В) с дивана

分析：本題的主詞是ребёнок，動詞是過去式спал，動詞意思是「睡覺」。動詞後應表達「靜止」的狀態，後須接前置詞＋名詞第六格，所以本題應選 (Б) на диване。值得注意的是答案選項 (В) с дивана。前置詞с＋第二格在此表示「從沙發起來」的意思，與題目的意思不符。

★ Маленький ребёнок спал *на диване*.
小孩在沙發上睡覺。

50. В письме Марта спрашивала Джулию ...
選項：(А) мать (Б) для матери (В) о матери

分析：本題的主詞是Марта，動詞是過去式спрашивала。動詞的原形形式是спрашивать，是未完成體，為「詢問」的意思。該動詞的完成體是спросить。動詞後接受詞需用第四格，為直接受詞，所以此處Джулию是Джулия的第四格。而後如再接有關某人或某物，則應用前置詞о＋名詞第六格，所以本題應選 (В) о матери。

★ В письме Марта спрашивала Джулию *о матери*.
馬爾塔在信中問茱莉亞有關母親的事情。

51. На уроке мы читали ...

選項：(А) Петербург (Б) о Петербурге (В) Петербургу

分析：本題的關鍵動詞是читали，其原形動詞是читать，是「閱讀」的意思。動詞之後可接名詞第四格，也可以不接任何受詞，試比較：Антон часто читает детективы. 安東常常看偵探小說；Антон любит читать. 安東喜歡閱讀。答案選項 (А) Петербург可當第一格或第四格。如為第一格，是主詞，但是本句已有мы當主詞，所以Петербург不是第一格。如果是第四格作為受詞，也不符合句意，畢竟「閱讀彼得堡」的意思是不通順的。本題應選 (Б) о Петербурге，也就是說省略了受詞，而這受詞的內容是「有關彼得堡的」。

★ На уроке мы читали *о Петербурге.*

在課堂上我們讀了有關彼得堡的訊息。

52. Мальчик мечтал ...

選項：(А) о собаке (Б) собака (В) собакой

分析：動詞мечтал的原形動詞是мечтать，是「渴望、夢想」的意思。動詞之後通常接前置詞о＋名詞第六格，也可以接原形動詞，例如Антон мечтает о новой квартире. 安東渴望買一棟新的公寓；Антон мечтает учиться на Тайване. 安東渴望在台灣念書。本題應選 (А) о собаке。

★ Мальчик мечтал *о собаке*.

小男孩渴望擁有一隻狗。

53. Преподаватель рассказывал нам ...
選項：(А) к экзамену (Б) экзамен (В) об экзамене

分析：動詞рассказывал的原形動詞是рассказывать，是未完成體動詞，其完成體動詞為рассказать，意思是「敘述」。動詞之後接人用第三格，接物則用前置詞о＋名詞第六格，所以本題應選 (В) об экзамене。

★ Преподаватель рассказывал нам *об экзамене*.
老師向我們敘述考試的細節。

54. Иван думал ...
選項：(А) к дому (Б) о доме (В) дом

分析：動詞думал的原形動詞是думать，是未完成體動詞，其完成體動詞為подумать，意思是「想、思考、認為」。動詞之後可接人或物用前置詞о＋名詞第六格，或是接副句，例如Антон думает о Японии. 安東在想著日本；Антон думает, что завтра будет дождь. 安東認為明天會下雨。本題應選 (Б) о доме。

★ Иван думал *о доме*.
伊凡想著家。

55. А.С. Пушкин много писал ...
選項：(А) любовь (Б) любовью (В) о любви

分析：動詞писал的原形動詞是писать，是未完成體動詞，其完成體動詞為 написать，意思是「寫、寫作」。動詞之後可接受詞第四格，例如Антон часто пишет рассказы. 安東常常寫故事；也可以不加受詞，但是在有上下文背景的暗示下，應作「寫信」解釋，例如Антон давно не писал мне. 安東好久沒寫信給我了；也可以當作「寫有關人或物的事」用前置詞о＋名詞第六格，例如Антон пишет рассказы о своей жизни. 安東寫有關自己生活的故事。本題應選 (В) о любви。

★ А.С. Пушкин много писал *о любви*.
普希金寫了很多的愛情故事。

56. Я живу ...
選項：(А) большая светлая комната (Б) в большую светлую комнату (В) в большой светлой комнате

分析：動詞живу的原形動詞是жить，是未完成體動詞，其完成體動詞為прожить，意思是「居住、生活」。動詞之後可接表時間或地點的副詞或詞組，也可以用前置詞＋名詞第六格，例如Антон долго жил здесь. 安東住這裡很久了；Антон живёт на Тайване. 安東住在台灣。本題答案要選地點，所以應選 (В) в большой светлой комнате。

★ Я живу *в большой светлой комнате*.
我住在一間又大又明亮的房間。

57. Моя подруга учится ...
選項：(А) на втором курсе (Б) второй курс (В) второго курса

分析：動詞учится的原形動詞是учиться，是未完成體動詞，意思是「學習、念書」，後面通常加時間或地點的副詞或詞組。如果是詞組，則用前置詞＋名詞第六格，例如Антон учился на Тайване в 2006 году. 安東在2006年的時候在台灣念書。其完成體動詞為научиться，意思是「學會」，通常後接原形動詞，例如Антон научился плавать. 安東學會了游泳。選項中的名詞курс在此做「年級」解釋。但是要注意，名詞курс是高等學校的年級，如果是中小學的年級，要用класс。本題答案應選 (А) на втором курсе。

★ Моя подруга учится *на втором курсе*.

我的朋友念大二。

58. В ... есть телефон?

選項：(А) твоя комната (Б) твою комнату (В) твоей комнате

分析：前置詞в後只能接兩種格：若是表「移動」的狀態，句中配合移動動詞，則後接名詞第四格，例如Антон едет в университет. 安東現在搭車去大學；若表示「靜止」的狀態，句中則不會有移動動詞，而後面的名詞應用第六格，例如Антон в университете. 安東在大學。本題是「靜止」的狀態，並無移動動詞，答案應選 (В) твоей комнате。

★ В *твоей комнате* есть телефон?

你的房間裡有電話嗎？

59. Вы были ... ?

選項：(А) наш клуб (Б) в нашем клубе (В) о нашем клубе

分析：BE動詞были是過去式，其原形為быть，之後表達的是「靜止」狀態，後面應接表示時間或地點的副詞或詞組，或是用前置詞в或на＋名詞第六格。本題應選的答案是地點，應選 (Б) в нашем клубе。請注意，BE動詞быть在現在式的時候應省略不用，在過去式及未來式時才要出現，且後面的名詞要用第五格，試比較：Антон студент. 安東是個大學生；Антон был студентом. 安東曾經是個大學生；Антон будет студентом. 安東未來將會是個大學生。另外，在語法上本句的BE動詞＋前置詞＋名詞第六格就等同移動動詞＋前置詞＋名詞第四格*Вы ходили в наш клуб*。在中文翻譯時需譯為移動動詞。

★ Вы были *в нашем клубе*?
您去過我們的俱樂部嗎？

60. Она рассказывала ... брате.
選項：(А) своим (Б) о своём (В) своему

分析：動詞рассказывать / рассказать後接人用第三格、接物用前置詞 о＋名詞第六格，其相關用法請參考第53題的解析。選項 (А) своим是代名詞свой「自己的」的複數第三格，但是брате是第六格，不符合性數格應一致之語法規定。選項 (Б) о своём就是前置詞＋第六格，是為答案。而選項 (В) своему是代名詞свой的第三格，與語法不符。

★ Она рассказывала *о своём* брате.
她敘述自己哥哥的事情。

61. Мы слышали ... .
選項：(А) этот новый французский фильм (Б) об этом новом французском фильме (В) в этом новом французском фильме

分析：動詞слышали的原形動詞是слышать，是未完成體動詞，而完成體動詞為услышать，意思是「聽到、聽說」，後面通常加前置詞 о＋名詞第六格，所以本題的答案為 (Б) об этом новом французском фильме。值得注意另一個類似的動詞слушать / послушать，意思是「聆聽」，後接受詞第四格，例如Антон любит слушать классическую музыку. 安東喜歡聽古典音樂。

★ Мы слышали *об этом новом французском фильме*.
我們聽說了這部新的法國電影。

62. Каникулы начинаются 15 ...
選項：(А) январь (Б) в январе (В) января

分析：本題是考「從屬關係」的語法概念。主詞為複數名詞каникулы「假期」，動詞是現在式的начинаются。選項是時間「一月」。在俄語中為了表達確切的日期時，日期必須用序數數詞第二格，而後之月份需用第二格來修飾日期，作為「從屬關係」。所以本題的正確說法為пятнадцатого января，要選答案 (В) января。

★ Каникулы начинаются 15 *января*.
假期在一月十五日開始。

63. Я начал изучать русский язык ...

選項：(А) прошлый год (Б) в прошлом году (В) прошлым годом

分析：本題是考句意與時間的用法。主詞是я，動詞是начал изучать。動詞начал的原形為начать，是完成體動詞，其未完成體動詞為начинать，後通常接受詞第四格或是原形動詞，若為原形動詞，則必須用未完成體動詞。本句是接受詞русский язык，而答案是年代的時間，所以應該選前置詞 в＋第六格 (Б) в прошлом году。

★ Я начал изучать русский язык *в прошлом году*.

我在去年開始學俄文。

64. Мы идём на экскурсию ...

選項：(А) эта неделя (Б) эту неделю (В) на этой неделе

分析：本題與上題類似，也是考時間的用法。答案的選項是名詞неделя「星期」。若要表示是在某個星期的時間，則應用前置詞на＋星期第六格，所以答案要選 (В) на этой неделе。請注意，若要表達不久的未來時間，在俄語的口語中，可用現在式代替未來式，但不是必要。本句以現在式идём代替пойдём。

★ Мы идём на экскурсию *на этой неделе*.

我們這個星期要去旅遊。

65. Мы часто вспоминаем ...

選項：(А) интересным путешествием (Б) об интересном путешествии (В) интересному путешествию

分析：俄語是個複雜的語言，其中動詞大概是最麻煩的。麻煩之處不在其本身的詞意，而是在其用法，就像本題的動詞一樣，我們必須熟知動詞後的用法。動詞вспоминать是「回憶、回想」的意思，動詞後必須用前置詞о＋名詞第六格，所以答案為 (Б) об интересном путешествии。

★ Мы часто вспоминаем *об интересном путешествии*.

我們常回想旅行的趣事。

66. Олег написал мне ...

選項：(А) своей любимой девушке (Б) своя любимая девушка (В) о своей любимой девушке

分析：動詞написал的原形是написать，是完成體動詞，其未完成體動詞是писать。動詞的意思是「寫、寫作」，之後若接人則需用第三格，接物則須用第四格，例如Антон часто пишет письма Маше. 安東常常寫信給瑪莎。本句只有人мне第三格，卻省略了受詞第四格「信」，所以句子意思是寫了一封信給мне，所以答案應該用前置詞о＋名詞第六格，表達是一封有關甚麼內容的信。答案應為 (В) о своей любимой девушке。

★ Олег написал мне *о своей любимой девушке*.

阿列格寫了一封有關她最愛女孩的信給我。

67. ... была хорошая погода.
選項：(А) май (Б) в мае (В) мая

分析：本題的關鍵一是句意、一是動詞。主詞是хорошая погода，動詞是была，是BE動詞陰性過去式，與主詞相符。選項 (А) май是第一格，而本句已有第一格的主詞，所以不符語法。選項 (В) мая是單數第二格，並無可修飾的名詞作為「從屬關係」，也不是答案。答案應為 (Б) в мае，表時間，符合句意。

★ *В мае* была хорошая погода.
五月的時候天氣不錯。

68. На столе лежало ...
選項：(А) с зелёным яблоком (Б) зелёное яблоко (В) в зелёном яблоке

分析：本題的句首是前置詞 на＋名詞第六格，是表地點的詞組。之後是動詞лежало，它是第三人稱中性過去式，原形動詞是лежать，意思是「躺、平放」，後接表示地點的地方副詞或前置詞＋名詞第六格，與句首相符。請注意，這個動詞在翻譯的時候通常省略不譯，或是譯為BE動詞。不難發現本句缺乏主詞，所以答案就是主詞第一格，所以是 (Б) зелёное яблоко。

★ На столе лежало *зелёное яблоко*.
剛剛桌上有個綠蘋果。

69. Преподаватель попросил студентов принести ...

選項：(А) географическая карта (Б) географическую карту (В) географической картой

分析：本題考的還是動詞的用法。動詞принести是完成體動詞，其未完成體動詞是приносить，意思是「帶來」，後接人第三格、接物第四格，所以答案是 (Б) географическую карту。講到動詞後的用法，我們已經做了非常多的題目，希望考生一定都已經知道，動詞之後的名詞一定要「變格」，也就是說，只有主詞才能用第一格，此外名詞必須根據它在句中的不同「角色」而變格。

★ Преподаватель попросил студентов принести *географическую карту*.

老師要學生帶地圖來。

70. Они любят ...

選項：(А) своей родной страной (Б) о своей родной стране (В) свою родную страну

分析：本題考的還是動詞的用法。動詞любят的原形動詞是любить，意思是「喜歡、愛」，為未完成體動詞，其完成體動詞是полюбить。動詞為及物動詞，所以後接受詞第四格，答案應選 (В) свою родную страну。

★ Они любят *свою родную страну*.

他們熱愛自己的祖國。

71. Справа от окна стояло ...
選項：(А) удобный диван (Б) удобная кровать (В) удобное кресло

分析：本題與第68題一樣，考的是主詞與動詞的語法關係。動詞стояло第三人稱中性過去式，所以主詞也應該是中性名詞，所以答案應選 (В) удобное кресло。動詞стояло的原形是стоять，意思是「站、站立」，但是在本句中應該譯作BE動詞，以符合中文使用原則。

★ Справа от окна стояло *удобное кресло*.
窗戶的右手邊本來有張舒適的椅子。

72. Вчера Андрес и Каролина были ...
選項：(А) дискотека (Б) на дискотеке (В) дискотеку

分析：本題的關鍵詞是BE動詞были。動詞後應接表示時間或地點的副詞或是詞組。選項 (Б) на дискотеке是前置詞＋名詞第六格表示地點，所以是答案。另外，先前曾經提過，BE動詞過去式在語法上與移動動詞相當，所以本句也可以改寫為Вчера Андрес и Каролина ходили на дискотеку，在中文翻譯上，譯為移動動詞為佳。

★ Вчера Андрес и Каролина были *на дискотеке*.
昨天安德烈斯與卡洛琳娜去跳舞。

73. Экзамен будет ...
選項：(А) вторник (Б) о вторнике (В) во вторник

分析：本題的解題方式與上題相同。動詞будет是BE動詞的未來式。動詞後應接表示時間或地點的副詞或是詞組。表示「星期幾」必須用前置詞 в＋星期第四格，而非第六格，切勿混淆。本題答案為 (В) во вторник。

★ Экзамен будет *во вторник*.
考試將在星期二舉行。

74. Я очень хочу купить ...
選項：(А) этого словаря (Б) этот словарь (В) этим словарём

分析：動詞купить為完成體動詞，未完成體是покупать，意思是「購買」，為及物動詞。動詞後如接人應用第三格，接物則用第四格，所以本題應選 (Б) этот словарь。

★ Я очень хочу купить *этот словарь*.
我非常想買這本辭典。

75. На уроке мы говорили ...
選項：(А) история России (Б) об истории России (В) историей России

分析：動詞говорили的原形為говорить，為未完成體動詞，完成體是сказать，意思是「說、告訴、談話」。動詞後如接人應用第三格，也可接前置詞о＋名詞第六格，表示「談論何人或何物」。本題應選 (Б) об истории России。

★ На уроке мы говорили *об истории России*.
在課堂上我們談了俄羅斯歷史。

測驗二：動詞

請選一個正確的答案。

1. Я люблю ... программу «Новости».
選項：(А) смотрю (Б) смотреть (В) буду смотреть

分析：動詞люблю是第一人稱單數現在式的變位，原形動詞為любить，為未完成體動詞，完成體是полюбить，意思是「喜歡、愛」。本動詞已經變位，所以後應接受詞第四格或原形動詞。如接原形動詞，則應接未完成體動詞，表達「反覆、習慣」的動作。本題應選 (Б) смотреть。

★ Я люблю *смотреть* программу «Новости».
我喜歡看名為「新聞」的節目。

2. Марта часто ... письма из дома.
選項：(А) получать (Б) получит (В) получает

分析：本句主詞為Марта，是第三人稱單數名詞，所以答案必須選一個與主詞搭配的動詞。句中我們看到「頻率副詞」часто，意思是「常常」，那麼我們就應該知道要選一個未完成體的動詞。頻率副詞表達的是動作之「重複」、「規律」、「習慣」，所以只能搭配未完成體動詞。選項 (А) получать是原形動詞，不符語法。選項 (Б) получит是完成體動詞получить的第三人稱單數變位，表達的是未來的時態，也與語法不符。本題應選 (В) получает。

★ Марта часто *получает* письма из дома.
瑪爾妲常常收到家裡的來信。

3. Завтра мы ... домашнее задание.
選項：(А) делать (Б) будем делать (В) делаем

分析：本句的關鍵是「時間副詞」завтра「明天」，所以答案必須選表未來式的動詞。選項 (А) делать是原形動詞，完全不通。選項 (Б) будем делать是複合型的未來式動詞，正是答案。選項 (В) делаем是現在式，雖然在口語中可以替代未來式，但選項中已有複合型的未來式，所以不考慮。

★ Завтра мы *будем делать* домашнее задание.
我們明天將會做家庭作業。

4. Я хочу ... маме цветы.
選項：(А) дарит (Б) дарил (В) подарить

分析：本句的主詞是я，動詞是хочу。選項在第一人稱單數現在式動詞之後，所以只能選原形動詞，答案是 (В) подарить。答案是完成體動詞，而未完成體動詞為дарить，後接人用第三格、接物用第四格。另外請注意，在動詞хотеть「想要」之後所接的原形動詞大多是完成體動詞，表達「即將要做的動作」，或是動作的「一次性」。

★ Я хочу *подарить* маме цветы.

我想送花給媽媽。

5. Почему ты ... вчера на урок?

選項：(А) опоздал (Б) опоздаешь (В) опаздывал

分析：本句的關鍵詞是時間副詞вчера「昨天」。因為發生的時間是過去的時間，所以答案自然也應該選擇過去式的動詞。選項 (А) опоздал是過去式，其原形動詞是опоздать，為完成體動詞，而未完成體動詞是опаздывать。選項 (Б) опоздаешь是опоздать的第二人稱單數變位，是未來式，與答案不符。選項 (В) опаздывал是未完成體的過去式，因為是未完成體，所以表達的是「反覆地」遲到，與句意不符，因為上課遲到就是遲到了，是「一次性」的動作，需用完成體動詞。本題答案是 (А) опоздал。

★ Почему ты *опоздал* вчера на урок?

你昨天為什麼上課遲到？

6. Сергей долго ... фотоаппарат в магазине.

選項：(А) выбрал (Б) выбирать (В) выбирал

分析：本句的關鍵詞是時間副詞долго「很久」。考生必須記住，如果句中有表達「一段時間」的副詞或詞組，那麼動詞必須選擇使用未完成體，例如Антон и Анна играли в футбол 2 часа. 安東跟安娜踢足球已經踢了兩個小時；Антон писал письмо 5 минут. 安東寫信已經寫了五分鐘。由上面的兩個例句我們必須要知道，所謂的「一段時間」與「時間長或短」無關。時間的長短是一種相對的概念，只要是一段時間，那就應該用未完成體動詞。選項 (А) выбрал是陽性過去式，其原形動詞是выбрать，為完成體動詞，而未完成體動詞是選項 (Б) 的выбирать。選項 (В) выбирал是陽性過去式，就是答案。動詞為及物動詞，受詞用第四格。

★ Сергей долго *выбирал* фотоаппарат в магазине.
謝爾蓋在商店選相機選了很久。

7. Антон не смог ... трудную задачу.
8. Антону надо ... 3 задачи.
9. Ты уже начал ... последнюю задачу?
10. Мы будем ... задачи весь урок.

選項：(А) решать (Б) решить

分析：未完成體動詞與完成體動詞的選擇。第7題的「助動詞」是完成體動詞смочь的陽性過去式，未完成體動詞是мочь，是「能夠」的意思。句子的意思是「無法解題」，助動詞為完成體動詞，所以後接的原形動詞也應用完成體動詞，所以答案為 (Б) решить。第8題有副詞надо「必需」，在無人稱句中的行為「主體」必須用第三格，而後接原形動詞。此處表達在不久的未來需要做的事情，而且後有確切的數量作為受詞，所以必須使用完成體動詞，應選 (Б) решить。第9題看到關鍵詞начал，原形動詞為начать，未完成體動詞是начинать，為「開始」的意思。依據俄語語法，凡是表達「開始」、「持續」продолжать / продолжить及「結束」кончать / кончить意思的動詞之後接原形動詞時，必須接未完成體動詞。本題應選 (А) решать。第10題有助動詞＋原形動詞表達複合型的未來式，所以原形動詞只能使用未完成體動詞，應選 (А) решать。

★ Антон не смог *решить* трудную задачу.

安東無法解難題。

★ Антону надо *решить* 3 задачи.

安東必須解三個題目。

★ Ты уже начал *решать* последнюю задачу?

你已經開始做最後的題目了嗎？

★ Мы будем *решать* задачи весь урок.

我們整堂課將要做習題。

11. Анна вчера долго ... рассказ.
12. В воскресенье Мария ... 5 писем.
13. Ты уже ... всё упражнение?
14. Ира ... новые слова 30 минут.

選項：(А) писала (Б) написала

分析：未完成體動詞與完成體動詞的使用與時間副詞、句意的關係。第11題的解題方式可參考第6題，都與副詞долго相關。副詞долго「很久」說明了動作的「過程」，所以答案要選未完成體的動詞 (А) писала。第12題的解題關鍵是數字。數字說明了行動的「結果」，而非「過程」，所以要選完成體動詞的答案 (Б) написала。第13題的重點在句意。主詞是ты，副詞уже「已經」修飾動詞，句意為「已經寫完了所有的練習」，而不是「已經寫練習」，所以要選答案 (Б) написала。第14題的解題方式可參考第6題分析內容中的例句。我們強調，如果要說明一個動作進行的「一段時間」，那就是「過程」，而非「結果」。既然是過程，那就是未完成體動詞，應選 (А) писала。

★ Анна вчера долго *писала* рассказ.

安娜昨天寫故事寫了很久。

★ В воскресенье Мария *написала* 5 писем.

瑪麗亞在星期日寫了五封信。

★ Ты уже *написала* всё упражнение?

妳已經寫完了所有的練習嗎？

★ Ира *писала* новые слова 30 минут.

易拉寫新的單詞已經寫了三十分鐘。

15. Я часто ... этого студента в библиотеке.

16. Сегодня я ... Жана на Невском проспекте.

17. Я никогда не ... этого человека раньше.

18. Как хорошо, что я тебя ... .

選項：(А) встречал (Б) встретил

分析：動詞встречать是未完成體動詞，而встретить是完成體動詞。第15題有關鍵的「頻率副詞」часто，說明了動作是「反覆發生的」，所以要用未完成體動詞 (А) встречал。第16題的解題關鍵是句意。主角在街上遇到朋友，遇到了就是遇到了，並無「反覆」遇到的字眼出現，表示「一次性」，所以肯定要選完成體動詞 (Б) встретил。第17題有頻率副詞никогда「從未」與時間副詞раньше「從前」，我們可以毫不考慮地選擇未完成體動詞 (А) встречал。第18題與第16題一模一樣，遇到了就遇到了，答案也是 (Б) встретил。

★ Я часто *встречал* этого студента в библиотеке.

我常常在圖書館遇到這個學生。

★ Сегодня я *встретил* Жана на Невском проспекте.

今天我在涅夫斯基大道遇到尚。

★ Я никогда не *встречал* этого человека раньше.

我以前從來沒有遇過這個人。

★ Как хорошо, что я тебя *встретил*.

我遇到你（妳）真好。

19. Моя мама любит ... .
20. Ты уже ... ужин?
21. Раньше она никогда не ... .
22. Оля ... рыбу завтра.

選項：(А) готовила (Б) приготовит (В) готовить (Г) приготовила

分析：動詞готовить是未完成體動詞，而приготовить是完成體動詞，動詞之後接受詞第四格，是「準備、煮飯」的意思，如果動詞後無受詞，則做「煮飯」解釋。第19題有關鍵動詞любит。動詞後接原形動詞時，一定要用未完成體動詞，表達所喜好的動作並不是「一次性的」，而是「反覆的」、「重複的」，所以要選答案 (В) готовить。第20題的解題關鍵是句意，與第13題相同有副詞уже，所以答案應選完成體且時態為過去式的動詞 (Г) приготовила。第21題與第17題一模一樣有頻率副詞никогда「從未」與時間副詞раньше「從前」，所以當然要選擇未完成體動詞 (А) готовила。第22題的關鍵是時態。句中有時間副詞завтра「明天」，所以答案應選擇未來式的動詞，而答案 (Б) приготовит是完成體動詞第三人稱單數變位，表未來式。

★ Моя мама любит *готовить*.

我的媽媽喜歡煮飯。

★ Ты уже *приготовила* ужин?

妳已經煮好晚餐了嗎？

★ Раньше она никогда не *готовила*.

她以前從來沒煮過飯。

★ Оля *приготовит* рыбу завтра.

歐莉亞明天會煮魚。

23. Лора ... стихи завтра.
24. Моя подруга уже ... вчера эту песню.
25. Она всегда ... слова быстро.
26. Таня не будет ... текст.

選項：(А) учит (Б) учить (В) выучила (Г) выучит

分析：動詞учить是未完成體動詞，而выучить是完成體動詞，動詞之後接受詞第四格，未完成體動詞是「學習」的意思，而完成體動詞是「學會」的意思，詞意有區別。第23題有關鍵的時間副詞завтра「明天」，所以要用未來的時態，而答案 (Г) выучит是完成體動詞第三人稱單數變位，正是表達未來式。第24題有副詞уже，所以答案應選完成體且時態為過去式的動詞 (В) выучила。第25題有頻率副詞всегда「總是」，是答案的關鍵。句中有頻率副詞，所以答案應選擇未完成體動詞，而答案 (А) учит是未完成體動詞第三人稱單數變位，為現在式。第26題有複合型未來式的будет，所以後須接未完成體的原形動詞，答案應選 (Б) учить。

★ Лора *выучит* стихи завтра.

蘿拉明天會把詩學會。

★ Моя подруга уже *выучила* вчера эту песню.

我的朋友已經在昨天學會了這首歌。

★ Она всегда *учит* слова быстро.

她單詞總是學得快。

★ Таня не будет *учить* текст.

譚雅將不要學課文。

27. Я хочу ... подругу в кино.

28. Лена любит ... гостей.

29. Вчера Ольга ... меня в театр.

30. Кто часто ... тебя на дискотеку?

選項：(А) приглашает (Б) пригласить (В) приглашать (Г) пригласила

分析：動詞приглашать是未完成體動詞，而пригласить是完成體動詞，動詞之後除了接受詞第四格之外，通常還會接前置詞＋地點的名詞第四格，表示「邀請某人去某處」。第27題有關鍵動詞хочу，表示「想要做的一件事情」，在第4題已經分析過這個動詞後面所代表的意義，所以答案應該要選完成體的原形動詞以表達即將要做的事情，應選答案 (Б) пригласить。第28題有動詞любить，所以後應接未完成體的原形動詞，要選擇 (В) приглашать。第29題有時間副詞вчера「昨天」，而且並無其他代表「重複」意義的單詞或詞組，所以表示「一次性」，答案是 (Г) пригласила。第30題的關鍵是頻率副詞часто「常常」，表示「重複」、「反覆」的動作，所以答案是 (А) приглашает。

★ Я хочу *пригласить* подругу в кино.
我想邀請朋友去看電影。

★ Лена любит *приглашать* гостей.
蓮娜喜歡邀請客人。

★ Вчера Ольга *пригласила* меня в театр.
奧利嘉昨天邀請我去看劇。

★ Кто часто *приглашает* тебя на дискотеку?
是誰常常邀請你（妳）去跳舞？

31. Мигель уже хорошо ... по-русски.
32. Ты уже ... эту книгу?
33. Завтра Джон ... этот журнал.
34. Ему нравится ... детективы.

選項：(А) читать (Б) прочитает (В) прочитал (Г) читает

分析：動詞читать是未完成體動詞，意思是「讀、唸」，而прочитать是完成體動詞，有「讀完」的意思，兩個動詞的詞意有些不同。動詞後如果接人則用第三格，接物則用第四格，例如Мама часто читала рассказы Антону, когда он был маленьким. 當安東還小的時候，媽媽常常念故事給他聽。第31題是陳述一個事實，並且有一個副詞хорошо作為事實的評價，所以理應用未完成體現在式，表示一個「常態」，應選 (Г) читает。第32題有關鍵副詞уже，所以答案應為完成體動詞過去式，應選 (В) прочитал。第33題的關鍵是時間副詞завтра「明天」，照理應用未來式的動詞，故選 (Б) прочитает。第33題的關鍵是動詞нравится。我們都知道，該動詞的詞意為「喜歡」，所以是表達「重複」、「反覆」、「習慣」的動作。另外，它在此作為「助動詞」，後面只能接原形動詞，所以答案是 (А) читать。

★ Мигель уже хорошо *читает* по-русски.
米格爾用俄文已經讀得不錯了。

★ Ты уже *прочитал* эту книгу?
你已經讀完了這本書嗎？

★ Завтра Джон *прочитает* этот журнал.
明天約翰會把這本雜誌讀完。

★ Ему нравится *читать* детективы.
他喜歡看偵探小說。

35. Джулия часто ... домой.
36. Мне надо ... врачу.
37. Почему ты не ... мне вчера?
38. Она обязательно ... тебе завтра.
選項：(А) позвонит (Б) звонит (В) позвонить (Г) позвонила

分析：動詞звонить是未完成體動詞，而完成體動詞是позвонить，是「打電話」的意思。動詞後接人用第三格，接地點則用副詞或是前置詞＋地點第四格，例如Антон позвонил маме в её офис. 安東打了個電話到辦公室給媽媽。第35題是無人稱句，並且有副詞надо「必需」，所以應用完成體的原形動詞，表示動作的「一次性」，應選 (В) позвонить。第37題是過去時態，所以應選 (Г) позвонила。第38題是表未來的動作，應該用完成體動詞來表示未來的時態，應選 (А) позвонит。

★ Джулия часто *звонит* домой.
茱莉亞常常打電話回家。

★ Мне надо *позвонить* врачу.
我應該要打個電話給醫生。

★ Почему ты не *позвонила* мне вчера?

妳昨天為什麼沒打電話給我？

★ Она обязательно *позвонит* тебе завтра.

她明天一定會打電話給妳 (你)。

39. Завтра Борис ... мне новые фотографии.

40. Я хочу ... тебе мой университет.

41. Андрей часто ... мне интересные места города.

42. Экскурсовод будет ... нам картины.

選項：(А) показывает (Б) показывать (В) покажет (Г) показать

分析：動詞показывать是未完成體動詞，而完成體動詞是показать，是「展示、給某人看」的意思。動詞後接人用第三格，接物用第四格，例如Антон показывал Анне Москву. 安東帶著安娜在莫斯科到處看看。第39題有表未來的時間副詞завтра，所以用完成體動詞表未來式，答案應選 (В) покажет。第40題在助動詞хочу之後所接的原形動詞大多是完成體動詞，表達「即將要做的動作」，或是動作的「一次性」，所以要選 (Г) показать。第41題有一個頻率副詞часто，所以答案必須為未完成體動詞，是 (А) показывает。第42題表達複合型的未來式，所以有助動詞будет，後應接未完成體的原形動詞，應選 (Б) показывать。

★ Завтра Борис *покажет* мне новые фотографии.

巴利斯明天會給我看新的照片。

★ Я хочу *показать* тебе мой университет.

我想帶你（妳）去看看我的大學。

★ Андрей часто *показывает* мне интересные места города.

安德烈常常帶我去看城市中有趣的景點。

★ Экскурсовод будет *показывать* нам картины.

導遊將要帶我們去看畫。

43. Раньше я всегда ... газеты в этом киоске.

44. Сейчас я часто ... газеты в другом киоске.

45. Сегодня утром я ... 2 газеты.

46. Сергей хочет ... билеты на футбол.

選項：(А) купил (Б) покупал (В) купить (Г) покупаю

分析：動詞покупать是未完成體動詞，而完成體動詞是купить，是「買」的意思。動詞後接人用第三格，接物用第四格，例如Антон купил Анне новый шарф. 安東買了一條新的圍巾給安娜。第43題的關鍵詞是頻率副詞всегда「總是」，所以之後須接未完成體動詞。此外還有一個時間副詞раньше「以前」，所以必須搭配未完成體的過去式才行，答案應選 (Б) покупал。第44題也有時間副詞與頻率副詞，分別是сейчас「現在」與часто「常常」，所以答案需要選擇現在式的動詞，應用未完成體 (Г) покупаю。第45題的時間是сегодня утром「今天早上」，這個時間可以是過去或是未來，而後有2 газеты表示一種「結果」，那就是買兩份報紙，所以動詞應該是完成體的過去式或是未來式，來符合「結果」。選項中只有 (А) купил符合動詞過去式，就是答案。第46題在助動詞хочет之後所接的原形動詞大多是完成體動詞，表達「即將要做的動作」，或是動作的「一次性」，所以要選 (В) купить。

★ Раньше я всегда *покупал* газеты в этом киоске.

以前我總是在這家小攤子買報紙。

★ Сейчас я часто *покупаю* газеты в другом киоске.

現在我常常在其他的小店買報紙。

★ Сегодня утром я *купил* 2 газеты.

今天早上我買了兩份報紙。

★ Сергей хочет *купить* билеты на футбол.

謝爾蓋想要買足球票。

47. Мой друг уже закончил ... грамматику.
48. Я завтра ... новые правила.
49. Я ... стихи каждый день.
50. Иван уже ... слова песни.

選項：(А) повторять (Б) повторяю (В) повторю (Г) повторил

分析：動詞повторять是未完成體動詞，其完成體動詞是повторить，是「重複、複習」的意思，例如，如果聽不懂對方剛剛說了什麼，就可以請對方重複說一次，那就可以說：Повторите, пожалуйста, ещё раз. 這裡用完成體動詞命令式，表示動作的「一次性」。如果要當「複習」，那麼動詞後接名詞第四格，作為受詞，例如Антон повторяет новые слова каждый день. 安東每天複習新的單詞。第47題的關鍵詞是助動詞закончил「結束」，動詞原形是заканчивать / закончить。該動詞之後不僅要接原形動詞，而這原形動詞還必須是個未完成體動詞。相同的語法規則還有動詞начинать / начать「開始」、продолжать / продолжить「持續」。答案應選 (А) повторять。第48題關鍵是時間副詞завтра「明天」，所以答案需要是未來式，應用完成體動詞 (В) повторю。第49題有表示頻率的詞組каждый день「每天」，所以動詞應該是未完成體的 (Б) повторяю。第50題有副詞уже「已經」的暗示下，所以應選過去式 (Г) повторил。

★ Мой друг уже закончил *повторять* грамматику.

我的朋友已經複習了語法。

★ Я завтра *повторю* новые правила.

我明天將要複習新的規則。

★ Я *повторяю* стихи каждый день.

我每天複習詩歌。

★ Иван уже *повторил* слова песни.

伊凡已經複習了歌曲的單詞。

51. Фред любит ... о своей стране.
52. Он потом ... мне об экскурсии.
53. Он уже ... текст вчера.
54. Рами часто ... интересные истории.

選項：(А) рассказывать (Б) рассказывает (В) рассказал (Г) расскажет

分析：動詞рассказывать / рассказать是「敘述」的意思。動詞通常後接人用第三格、接物用名詞第四格或是接前置詞о＋名詞第六格。我們先分析選項的語法角色。選項 (А) рассказывать是未完成體的原形動詞；選項 (Б) рассказывает是未完成體動詞的第三人稱現在式變位；選項 (В) рассказал是完成體動詞第三人稱單數陽性過去式；選項 (Г) расскажет是完成體動詞第三人稱單數現在式變位，為未來式。第51題有助動詞любит，所以應選未完成體的原形動詞 (А)。第52題有關鍵的時間副詞потом「之後」，所以答案需要是未來式，應用完成體動詞 (Г)。第53題有副詞уже「已經」，所以應選動詞的過去式 (В)。第54題的頻率副詞часто告訴我們應該選未完成體動詞 (Б)。

★ Фред любит *рассказывать* о своей стране.

弗烈德喜歡敘述自己國家的事物。

★ Он потом *расскажет* мне об экскурсии.

他之後要跟我敘述有關旅遊的事情。

★ Он уже *рассказал* текст вчера.

他昨天已經敘述過課文了。

★ Рами часто *рассказывает* интересные истории.

拉米常常講述有趣的故事。

55. Кто может ... мне эту задачу?

56. Преподаватель весь урок ... новую тему.

57. Он быстро ... мне, где находится почта.

58. Завтра Хорхе ... мне трудное правило.

選項：(А) объяснял (Б) объяснить (В) объяснил (Г) объяснит

分析：動詞объяснять / объяснить是「解釋」的意思。動詞通常後接人用第三格、接物用名詞第四格。這四題我們也是先分析選項的語法角色。選項 (А) объяснял是未完成體動詞第三人稱單數陽性過去式；選項 (Б) объяснить是完成體的原形動詞；選項 (В) объяснил是完成體動詞第三人稱單數陽性過去式；選項 (Г) объяснит是完成體動詞第三人稱單數變位，為未來式。第55題有助動詞может，所以應選原形動詞 (Б)。第56題有關鍵的詞組весь урок「整堂課」，表示一段時間，所以動詞應選未完成體，表動作的「過程」，而非表示「結果」的完成體動詞，答案是 (А)。第57題有副詞быстро「快速地」，所以是一種「結果」，應選完成體動詞的過去式 (В)。第58題的時間副詞завтра告訴我們應該選完成體動詞來表達未來時態的 (Г)。

★ Кто может *объяснить* мне эту задачу?

誰可以向我解釋一下這個題目？

★ Преподаватель весь урок *объяснял* новую тему.

老師整堂課都在解釋新的主題。

★ Он быстро *объяснил* мне, где находится почта.

他快速地跟我解釋了郵局的所在。

★ Завтра Хорхе *объяснит* мне трудное правило.

荷西明天會向我解釋困難的規則。

59. Куда ... сейчас Ольга?

60. Каждый день она ... в библиотеку.

61. Кто ... сегодня на экскурсию?

62. Он часто ... в театр?

選項：(А) идёт (Б) ходит

分析：идёт的原形動詞是идти，是「走、去」的意思，是「定向」動詞。其不定向動詞是選項 (Б) ходит，原形動詞為ходить。定向的動詞通常用在「當下」的時態，而這「當下」可以是現在式、過去式，當然也可以是未來式，只是идти是未完成體動詞，無法構成簡單型的未來式。不定向動詞表示動作「來回」的意義，也就是「有去也有回」，是一個「反覆」的動作。第59題有時間副詞сейчас「現在」，所以要選 (А)。第60題有詞組каждый день「每天」，是一種「反覆」的動作，應選 (Б)。第61題的時間副詞сегодня「今天」也是一種「當下」，所以應該選定向的 (А)。第62題的頻率副詞часто與каждый день「每天」意義相同，故選 (Б)。

★ Куда *идёт* сейчас Ольга?

奧利嘉現在去哪？

★ Каждый день она *ходит* в библиотеку.

她每天去圖書館。

★ Кто *идёт* сегодня на экскурсию?

誰今天會去旅遊？

★ Он часто *ходит* в театр?

他常常去劇場嗎？

63. Вчера я ... в музей.

64. Куда ты ... сейчас?

65. Ты уже ... в столовую?

66. Ты ... завтра на стадион?

選項：(А) идёшь (Б) ходил (В) пойдёшь

分析：идёшь的原形動詞是идти，ходил的原形動詞是ходить，相關說明請參考上題。選項 (В) пойдёшь是完成體動詞，表未來式，動詞原形是пойти。第63題有時間副詞вчера「昨天」，所以表示動作已經「去了也回來了」，所以要選 (Б) ходил。第64題與第59題完全一樣，應選 (А) идёшь。第65題有副詞уже，表示動作已經「去了也回來了」，所以要選 (Б) ходил。第66題的時間副詞завтра告訴我們要選未來式，所以答案是 (В) пойдёшь。

★ Вчера я *ходил* в музей.

昨天我去了博物館。

★ Куда ты *идёшь* сейчас?

你現在去哪裡？

★ Ты уже *ходил* в столовую?

你已經去過食堂了嗎？

★ Ты *пойдёшь* завтра на стадион?

你明天會去體育館嗎？

67. Ира часто ... в Москву.

68. Сейчас она ... в центр.

69. Куда она ... каждый день?

70. Сейчас мама ... на работу.

選項：(А) едет (Б) ездит

分析：與идти / ходить不同的是，ехать / ездить不是「步行」的動作，而是「搭乘交通工具」的移動動作，但是他們的語法概念都是一樣的。第67題有頻率副詞часто，所以表示動作的「反覆性」，所以要選 (Б) ездит。第68題是「現在」，所以應選 (А) едет。第69題有каждый день，同樣是「反覆」的動作，所以要選 (Б) ездит。第70題與第68題有相同的時間副詞，應選 (А) едет。

★ Ира часто *ездит* в Москву.
易拉常去莫斯科。

★ Сейчас она *едет* в центр.
現在她去市中心。

★ Куда она *ездит* каждый день?
她每天去哪裡？

★ Сейчас мама *едет* на работу.
媽媽現在去上班。

測驗三：詞彙與語法

第一部分

請選擇一個正確的答案。

1. Мой брат молодой, а мой дедушка ...
選項：(А) старший (Б) старинный (В) старый

分析：選項 (А) старший 是「年紀較長」的意思，例如старший брат是「哥哥」、старшая сестра是「姊姊」。相反的，「年紀較小的」是младший，所以「弟弟」是младший брат、「妹妹」是младшая сестра。選項 (Б) старинный 是「古代的、古老的」的意思，例如старинный город是「古城」。請注意，該形容詞不得用在形容人的身上，如果要形容一個人「年紀大了、老了」，必須用選項 (В) старый。該形容詞也是「舊的」的意思，例如старая машина是「舊車、老車」的意思。本題主詞是дедушка「爺爺」，所以答案必須是 (В) старый。

★ Мой брат молодой, а мой дедушка *старый*.
我的弟弟年輕，而我的爺爺老了。

2. Наташа не ... читать по-немецки.
選項：(А) знает (Б) умеет (В) понимает

分析：選項 (А) знает的原形動詞是знать，意思是「知道、認識」，例如Антон очень хорошо знает родителей Анны. 安東對安娜的父母親很熟。選項 (Б) умеет的原形動詞是уметь，意思是「會」，表示一種「技能」，例如Антон умеет плавать. 安東會游泳。選項 (В) понимает的原形動詞是понимать，意思是「瞭解」，例如Антон хорошо понимает преподавателя. 安東非常瞭解老師的意思。本題動詞後還有動詞＋副詞читать по-немецки，意思是「用德文閱讀」，所以答案應是 (Б) умеет。

★ Наташа не *умеет* читать по-немецки.
娜塔莎不會用德文閱讀。

3. Лектор ..., что его зовут Иван Петрович.
選項：(А) рассказал (Б) сказал (В) разговаривал

分析：選項 (А) рассказал的原形動詞是рассказать，意思是「敘述」，後接人用第三格、接物用名詞第四格或是前置詞＋名詞第六格，例如Антон рассказал о России на уроке. 安東在課堂上敘述了有關俄羅斯的事物。選項 (Б) сказал的原形動詞是сказать，意思是「說」，後接人用第三格，常用於複合句中，例如Антон сказал, что завтра будет экзамен. 安東說明天有一個考試。選項 (В) разговаривал的原形動詞是разговаривать，意思是「聊天」，後通常接前置詞 с＋人第五格，例如Антон любит разговаривать со мной. 安東喜歡跟我聊天。本題依據句意，主詞陳述了他的名字，所以答案是 (Б) сказал。

★ Лектор *сказал*, что его зовут Иван Петрович.
演說者說他的名字是伊凡彼得維奇。

4. Студенты окончили университет и ... дипломы.
選項：(А) взяли (Б) сделали (В) получили

分析：選項 (А) взяли的原形動詞是взять，意思是「拿、取」，後接受詞第四格。該動詞的意思須依據句中的場域決定，例如взять книгу в библиотеке「在圖書館借一本書」、взять пиво в магазине「在商店買啤酒」等等。選項 (Б) сделали的原形動詞是сделать，意思是「做」，後接受詞第四格，例如Антон сделал домашнее задание. 安東做完了功課。選項 (В) получили的原形動詞是получить，意思是「獲得、取得」，後接受詞第四格，例如Антон получил студенческий билет в деканате. 安東在系辦領了學生證。本題依據句意，答案應選 (В) получили。

★ Студенты окончили университет и *получили* дипломы.
學生完成了學業，然後取得了畢業證書。

5. Мы должны ... все задачи через 2 часа.
選項：(А) решать (Б) решить (В) учить

分析：選項 (А) 與選項 (Б) 是一對未完成體動詞／完成體動詞，意思是「決定、解決」。動詞後接受詞第四格，是及物動詞，例如В нашей семье мама решает все проблемы. 在我們的家中媽媽決定一切問題。選項 (В) учить是「學習」的意思，後接名詞第四格，例如Антон учит китайский язык. 安東學中文。動詞учить還可當作「教」的意思，後接人第四格、接物第三格，請特別注意，例如Антон учит меня русскому языку. 安東教我俄文。題目中должны是形容詞должный的短尾複數形式，單數為должен、должна、должно，意思是

「應當、應該」，後接原形動詞。此處的原形動詞應為完成體，因為句中表示必須「做完所有的題目」，是一種「結果」，而非「過程」，所以答案為 (Б) решить。

★ Мы должны *решить* все задачи через 2 часа.
我們應該在兩個小時後做完所有的題目。

6. Моей сестре нравится ... по центру города.
選項：(А) отдыхать (Б) гулять (В) играть

分析：選項 (А) отдыхать的意思千萬不要只記得「休息」而已。這個動詞需要依照句中的相關元素來決定，例如отдыхать дома作為「在家休息」解釋；отдыхать на море則作「在海邊度假」解釋；又如Мы вчера очень хорошо отдохнули в гостях у Антона. 如果當作「休息」解釋，毫無意義，整句應解釋為「我們昨天在安東家做客時玩得很盡興」。不論作何解釋，我們看到該動詞之後都是接一個「靜止」的「地點」，可用前置詞＋名詞適當的格，或接表示地點的其他詞組，請務必掌握。選項 (Б) гулять與отдыхать一樣，也是要看句中的背景來翻譯，例如гулять в парке就是「在公園散步」；гулять по Москве最好譯為「在莫斯科到處逛逛」；如果將上句的отдохнули改為погуляли，則整句的意思將不會有任何改變。選項 (В) играть是「遊玩」的意思，後接前置詞＋名詞第六格，例如Дети играют в парке. 孩子們在公園玩耍。當然這個動詞還有其他用法：後接前置詞в＋球類運動 (含棋類) 第四格，例如играть в футбол，是「踢足球」；後接前置詞на＋樂器第六格，例如играть на гитаре，就是「彈吉他」。依照句意，適當的動詞應為 (Б) гулять。

★ Моей сестре нравится *гулять* по центру города.

我的姊姊喜歡在市中心逛街。

7. Антон читает ... без словаря.

選項：(А) английский язык (Б) по-английски (В) английский

分析：有些動詞之後必須接副詞，而非名詞，讀者應熟記，例如понимать「明白、明瞭、懂得」、читать「閱讀」、писать「書寫」、говорить「說」等。這些動詞是A1、A2等級的基本動詞，讀者必須掌握。其他相關動詞，如учить「學習」、изучать「學習」之後則須接名詞第四格。本題的動詞為читает，所以應選 (Б) по-английски。

★ Антон читает *по-английски* без словаря.

安東用英文閱讀是不需要辭典的。

8. Деканат находится не здесь, а ...

選項：(А) туда (Б) сюда (В) там

分析：選項 (А) туда是「去那裏」的意思，必須與表示「移動」狀態的動詞連用，例如идти。選項 (Б) сюда的意思是「來這裡」，用法與選項 (А) туда相同。選項 (В) там是「在那裏」的意思，必須與BE動詞或是表示「靜止」狀態的動詞連用，例如題目中的находиться「坐落於」，所以答案是 (В) там。

★ Деканат находится не здесь, а *там*.

系辦不在這裡，而在那裏。

9. Мой друг – студент, он ... в институте.
選項：(А) учит (Б) изучает (В) учится

分析：選項 (А) учит的原形動詞為учить，是「學習」的意思，後必須接受詞第四格，例如Антон учит новые слова. 安東學新的單詞。該動詞也有「教導」的意思。如為「教導」，則後接人第四格、接物第三格，例如Антон учит меня русскому языку. 安東教我俄文。選項 (Б) изучает也是「學習」的意思，原形動詞為изучать，用法учить相同，後接受詞第四格，但通常指的是學習「學科」，例如Антон изучает грамматику. 安東學語法。選項 (В) учится的原形動詞為учиться，是「學習、念書」的意思，後通常接有表示「地點」的副詞或詞組，例如Антон учится в Москве. 安東在莫斯科念書。本題有前置詞в＋名詞第六格表示「地點」，所以答案是 (В) учится。

★ Мой друг – студент, он *учится* в институте.
我的朋友是學生，他在大學念書。

10. Марина хочет ... новые стихи.
選項：(А) изучить (Б) выучить (В) изучает

分析：選項 (А) изучить是完成體動詞，其未完成體動詞為изучать，是「學習」的意思，動詞後必須接受詞第四格，上兩題皆有提過。選項 (Б) выучить也是完成體動詞，是「學會」的意思，用法與изучать相同，後接受詞第四格。選項 (В) изучает是изучать的第三人稱單數的變位，為現在式。句中有助動詞хочет「想要」，所以後必須接原形動詞。根據詞意，「學會」比「學習」更符合完成體動詞所需要的「結果」，所以答案是 (Б) выучить。

★ Марина хочет *выучить* новые стихи.

瑪琳娜想要學會新詩。

11. Многие студенты ... из Азии.

選項：(А) приехали (Б) пришли

分析：選項 (А) приехали的原形動詞為приехать，是完成體動詞，其未完成體動詞是приезжать，是「來到」的意思。該動詞必須與有搭乘交通工具的相關單詞連用，如無相關單詞出現，我們也必須知道，主詞的「到來」並非「步行」。此外，句中通常有前置詞＋地點第四格，表示「目的地」，或是前置詞＋名詞第二格，表示「從那個地方到來」。選項 (Б) пришли的原形動詞為прийти，是完成體動詞，其未完成體動詞是приходить，也是「來到」的意思。該動詞的用法與приехать一模一樣，唯一的不同是，прийти係以「步行」的方式「到來」。根據句子的意思，從亞洲到來應該是搭乘交通工具，所以要選 (А) приехали。

★ Многие студенты *приехали* из Азии.

很多學生來自亞洲。

12. Мой отец ... мне стать врачом.

選項：(А) попросил (Б) посоветовал (В) рассказывал

分析：選項 (А) попросил的原形動詞為попросить，是完成體動詞，其未完成體動詞是просить，是「請求」的意思。該動詞後通常接人用第四格，再接原形動詞，例如Антон попросил меня помочь ему. 安東請我幫助他。選項 (Б) посоветовал的原形動詞為посоветовать，是完成體動詞，其未完成體動詞是советовать，是「建議」的意思。該動詞後接人用第三格，再接原形動詞，例如Антон посоветовал мне поехать на юг к Анне. 安東建議我到南部找安娜。選項 (В) рассказывал的原形動詞為рассказывать，是未完成體動詞，其完成體動詞是рассказать，是「敘述」的意思。動詞後接人用第三格，接物用第四格，或是前置詞о＋名詞第六格，例如Антон рассказывал на уроке о своей родине. 安東在課堂上敘述自己的祖國。根據詞意，我們必須選 (Б) посоветовал。另外，動詞стать後接名詞第五格，切記。

★ Мой отец *посоветовал* мне стать врачом.
我的父親建議我以後當醫生。

13. Елена ... , когда начинаются экзамены.
選項：(А) посоветовала (Б) спросила (В) попросила

分析：有關選項 (А) посоветовала與選項 (В) попросила的解說請參考上題。選項 (Б) спросила的原形動詞為спросить，是完成體動詞，其未完成體動詞是спрашивать，是「詢問」的意思。該動詞通常出現於複合句中，如接人則用第四格，例如Антон спросил меня, есть ли у меня сестра? 安東問我有沒有妹妹。本動詞容易與спросить / попросить混淆，請考生注意。本題應選 (Б) спросила。

★ Елена *спросила*, когда начинаются экзамены.
伊蓮娜問甚麼時候開始考試。

14. Я люблю спорт и часто ... в футбол.
選項：(А) занимаюсь (Б) делаю (В) играю

分析：選項 (А) занимаюсь的原形動詞是заниматься，後通常接名詞第五格，詞意須按照後接之第五格名詞決定，例如заниматься русским языком可解釋為「研讀俄語」；заниматься спортом就是「運動」的意思，動詞在此喪失詞意，而名詞則譯為動詞；如果不接名詞則意思又不同，就像заниматься в библиотеке就是當「在圖書館念書」解釋。選項 (Б) делаю的原形動詞是делать，後通常接受詞第四格，當作「做」解釋，例如делать упражнения「做練習題」、делать домашнее задание「做功課」。選項 (В) играю的原形動詞為играть，詳細的解說可參考本單元的第6題。本題應選 (В) играю。

★ Я люблю спорт и часто *играю* в футбол.
我喜歡運動，所以我常常踢足球。

15. На уроке преподаватель интересно ... о русских поэтах.
16. Преподаватель ... со своими студентами.
選項：(А) рассказавал (Б) разговаривал

分析：選項 (А) рассказавал的原形動詞是рассказывать，詳細的解說可參考本單元的第12題。選項 (Б) разговаривал的原形動詞為разговаривать，意思是「聊天」，後通常接前置詞с＋人第五格。根據詞意，第15題應選 (А) рассказавал，而第16題則應選 (Б) разговаривал。

★ На уроке преподаватель интересно *рассказывал* о русских поэтах.

老師在課堂上有趣地敘述俄羅斯詩人。

★ Преподаватель *разговаривал* со своими студентами.

老師跟自己的學生聊天。

17. Мы уже ... этого студента.
18. Вчера весь вечер они ... телевизор.
19. В кинотеатре они 2 часа ... новый фильм.
20. Вы не ... нашего преподавателя?

選項：(А) смотрели (Б) видели

分析：選項 (А) смотрели的原形動詞是смотреть，後通常接受詞第四格，意思是「看」。如果動詞後接前置詞на，再加受詞第四格，則應解釋為「盯著看」，試比較：Антон смотрит телевизор. 安東看電視；Антон смотрит на меня. 安東盯著我看。選項 (Б) видели的原形動詞為видеть，意思是「看到」，後通常接受詞第四格，例如Антон видел меня в библиотеке. 安東在圖書館看到了我。根據詞意，第17題應選 (Б) видели，第18題應選 (А) смотрели，第19題應選 (А) смотрели，第20題應選 (Б) видели。

★ Мы уже *видели* этого студента.

我們已經看到這位學生了。

★ Вчера весь вечер они *смотрели* телевизор.

他們昨天整晚都在看電視。

★ В кинотеатре они 2 часа *смотрели* новый фильм.

他們在電影院看電影看了兩個小時。

★ Вы не *видели* нашего преподавателя?

你們沒有看到我們的老師嗎？

第二部分

請選擇一個正確的答案。

21. Произведения искусства народов России можно посмотреть ...
選項：(А) Музей этнографии (Б) в Музее этнографии (В) из Музея этнографии

分析：選項 (А) Музей этнографии的музей因為是無生命的陽性名詞，所以可以是第一格或是第四格。而этнографии則是「民族學」этнография的第二格來修飾музей，作為「從屬關係」。整個詞組做「民族學博物館」解釋。選項 (Б) в Музее是第六格，當作「在博物館」解釋，是一個「靜止」的地點。選項 (В) из Музея是第二格，前置詞из後接第二格表示「從博物館」的意思。本題並無主詞，動詞為можно посмотреть，受詞是Произведения искусства народов России，所以應該選一個靜止的地點，應選 (Б) в Музее этнографии。

★ Произведения искусства народов России можно посмотреть *в Музее этнографии*.
在民族學博物館可以看看俄羅斯各個民族的藝術作品。

22. Иностранные студенты были на экскурсии ...
選項：(А) из средней школы (Б) средняя школа (В) в средней школе

分析：本題主詞是иностранные студенты，動詞是были。動詞是BE動詞，所以後面接著的是前置詞＋名詞第六格，表示「靜止」的地點，所以是на экскурсии就是第六格。而答案要選的也是要第六格，作為на экскурсии的補充，所以要選同樣是第六格的 (В) в средней школе。另請注意，在俄語語法中，本句即等同Иностранные студенты ездили на экскурсию в среднюю школу. 而在翻譯的時候，最好譯「移動動詞」，而非BE動詞，以配合中文使用習慣。

★ Иностранные студенты были на экскурсии *в средней школе*.
外國學生去參觀了中學。

23. Студенты смотрят незнакомые слова ...
選項：(А) словарей (Б) в словарях (В) словари

分析：選項 (А) словарей是словарь的複數第二格。選項 (Б) в словарях是複數第六格。選項 (В) словари是複數第一格或第四格。本句主詞、動詞、受詞皆完整，根據句意應選一個表「靜止」的地點，所以是第六格 (Б) в словарях。

★ Студенты смотрят незнакомые слова *в словарях*.
學生在字典中查不認識的單詞。

24. Все новые студенты должны взять учебники ...
選項：(А) наша библиотека (Б) в нашей библиотеке (В) нашу библиотеку

分析：選項 (А) наша библиотека是第一格。第一格在句中通常當作主詞。選項 (Б) в нашей библиотеке是第六格，表示「靜止」狀態的地點。選項 (В) нашу библиотеку是第四格。第四格在句中通常作為受詞。本句主詞、動詞、受詞皆備，所以要選地點 (Б) в нашей библиотеке。另外，有關動詞брать / взять的「多義性」請參考本單元的第4題解說。

★ Все новые студенты должны взять учебники *в нашей библиотеке*.
所有的學生應該在圖書館借課本。

25. Знаменитый русский балет можно посмотреть ...
選項：(А) Мариинский театр (Б) в Мариинском театре (В) у Мариинского театра

分析：選項 (А) Мариинский театр是第一格或第四格。選項 (Б) в Мариинском театре是第六格，表示「靜止」狀態的地點。選項 (В) у Мариинского театра是第二格。本句的結構與第21題一樣，詞組Знаменитый русский балет是受詞第四格，而欠缺的答案就是應該要選地點，所以是 (Б) в Мариинском театре。

★ Знаменитый русский балет можно посмотреть *в Мариинском театре*.
在馬林斯基劇院可以看到俄羅斯著名的芭蕾舞。

26. Молоко, кефир, сметану, творог можно купить ...
選項：(А) молочный отдел (Б) молочным отделом (В) в молочном отделе

分析：選項 (А) молочный отдел是第一格或第四格。選項 (Б) молочным отделом是第五格。選項 (В) в молочном отделе是第六格。本句的結構與上一題一樣，同謂語молоко, кефир, сметану, творог是受詞第四格，所以答案應選第六格的地點，是 (В) в молочном отделе。另外請注意，單詞молоко是「奶」的意思，也就是說，是「奶」的通稱。只是我們平常購買的幾乎都是牛奶，而非羊奶或是其他種類的奶，所以大多翻譯為「牛奶」。

★ Молоко, кефир, сметану, творог можно купить *в молочном отделе*.
在奶製品部門可買得到牛奶、酸牛奶、酸奶油及奶渣。

27. Чемпионат по футболу начнётся ...
28. Сегодня ...
選項：(А) пятое марта (Б) март (В) в марте

分析：這兩題是考日期的用法。第27題主詞是чемпионат，動詞是начнётся，如果問的是一個事件發生的確切日期，那麼日期則應用序數數詞第二格пятого марта，考生必須熟記。選項並無第二格的答案，所以應選月份第六格，表示舉行的月份為何，答案是 (В) в марте。第28題問的是今天的日期。敘說某天的日期而非某個事件發生的確切日期則要用中性序數數詞第一格，故選 (А) пятое марта。

★ Чемпионат по футболу начнётся *в марте*.
足球錦標賽在三月開打。
★ Сегодня *пятое марта*.
今天是三月五日。

29. Мой брат получил диплом ...
30. ... – самый тёплый месяц.
選項：(А) июль (Б) десятого июля (В) десятое июля

分析：這兩題還是考日期的用法。第29題主詞是мой брат，動詞是получил，受詞是диплом，所以答案是需要一個事件發生的確切日期。根據上一題的分析，本題應選序數數詞第二格＋月份第二格的答案 (Б) десятого июля。第30題的關鍵是破折號「—」。破折號的左邊與右邊應該是同謂語，右邊是第一格，所以左邊應該也是第一格，應選 (A) июль。

★ Мой брат получил диплом *десятого июля*.
我的弟弟在七月十日取得畢業證書。

★ *Июль* – самый тёплый месяц.
七月是最溫暖的月份。

31. Моя подруга живёт ...
32. ... – страна с интересными традициями.
33. Скоро она поедет ...
選項：(А) Индия (Б) в Индию (В) в Индии

分析：第31題的關鍵詞是動詞живёт。該動詞的原形為жить，是「居住、生活」的意思。動詞後通常接表示地點的副詞或前置詞＋名詞第六格的詞組，例如Антон живёт в Москве. 安東住在莫斯科。名詞Москве是第六格，表示一個「靜止」狀態的地點。第31題的答案是 (В) в Индии。第32題的關鍵是破折號「—」。破折號的右邊是страна「國家」第一格，所以左邊也應為第一格的名詞，應選 (А) Индия。第33題的關鍵詞是動詞поедет。動詞поехать是「移動動詞」，意思是「去」，所以後應接表示「移動」的副詞或是前置詞＋名詞第四格。本題應選 (Б) в Индию。

★ Моя подруга живёт *в Индии*.
我的朋友住在印度。

★ *Индия* – страна с интересными традициями.
印度是個有趣味傳統的國家。

★ Скоро она поедет *в Индию.*

她即將前往印度。

34. Давай встретимся ... на станции метро.

35. Я ждал друга почти ...

36. Автобус ушёл ...

選項：(А) два часа (Б) через два часа (В) два часа назад

分析：選項 (А) два часа可作為第一格或第四格。當作第一格可能是回覆時間的回答，例如Который час сейчас? 現在幾點？回答即可用Сейчас два часа. 現在兩點。如果是第四格，那就表示做某種動作的一段時間，例如Антон читал журнал уже два часа. 安東看雜誌看了已經看了兩個小時了。選項 (Б) через два часа是「兩個小時之後」的意思。前置詞через之後加上一段時間用第四格，而選項 (В) два часа назад則相反，是「兩個小時之前」的意思。根據句意，第34題的動詞為未來式，所以應選 (Б) через два часа。第35題ждал「等待」了一段時間，所以應選 (А) два часа。第36題動詞為過去式，所以搭配「之前」的時間較為合理，應選 (В) два часа назад。

★ Давай встретимся *через два часа* на станции метро.

讓我們兩個小時候在地鐵站碰面吧。

★ Я ждал друга почти *два часа.*

我等朋友幾乎等了兩個小時。

★ Автобус ушёл *два часа назад.*

巴士在兩個小時之前開走了。

37. Каникулы начнутся ...

38. Каникулы продолжаются ...

39. Каникулы начались ...

選項：(А) неделю назад (Б) через неделю (В) неделю

分析：三個選項在上三題已經解析過了，所以我們要看句意。第37題的主詞是каникулы「假期」，動詞是完成體表未來式的第三人稱複數變位，與主詞相符。動詞是未來式，所以答案應該選還未發生的時間，應選 (Б) через неделю。第38題的主詞也是каникулы，動詞是未完成體的第三人稱複數變位продолжаются。該動詞的原形為продолжаться，意思是「持續、繼續」，後如果接表達「一段時間」的單詞或詞組，則不須接任何前置詞，直接用第四格即可。本題應選 (В) неделю。第39題的句意與第37題類似，但是動詞為過去式，所以答案應為表達事件已經發生的時間，故選 (А) неделю назад。

★ Каникулы начнутся *через неделю*.
假期將在一個禮拜後開始。

★ Каникулы продолжаются *неделю*.
假期持續一個禮拜。

★ Каникулы начались *неделю назад*.
假期在一個禮拜前開始。

40. Мы начнём изучать испанский язык ...

41. Мы уже ... изучаем испанский язык.

42. ... мы начали изучать испанский язык.

選項：(А) год (Б) в прошлом году (В) через год

分析：依舊是需要靠句意來判斷答案。第40題的關鍵詞是動詞начнём изучать「開始學習」。該助動詞是完成體表未來式的第一人稱複數變位，與主詞相符。因為動詞是未來式，所以答案應該選還未發生的時間，應選 (В) через год。第41題的關鍵動詞是изучаем，是現在式，所以後應接名詞第四格，表達動作已經進行「一段時間」，應選 (А) год。第42題的動詞為過去式，所以答案應為表達事件已經發生的時間，故選 (Б) в прошлом году。另外請注意，動詞начинать / начать「開始」後如果接原形動詞，只能接未完成體動詞。相同情形還有кончать / кончить「結束」與продолжать / продолжить「持續」。

★ Мы начнём изучать испанский язык *через год*.
我們將在一年後開始學西語。

★ Мы уже *год* изучаем испанский язык.
我們已經學西語一年了。

★ *В прошлом году* мы начали изучать испанский язык.
我們在去年開始學西語。

43. Положите, пожалуйста, учебник ...
44. Учебник лежит ...
45. Мой ... стоит у окна.
46. Друг забыл ключи ...

選項：(А) на письменном столе (Б) на письменный стол (В) письменный стол

分析：這四題是考動詞後的使用方式。第43題的動詞是положите，其原形動詞為положить，意思是「放置」。該動詞的意義須想成是一個放下的「移動動作」，所以其後須接куда，而非где，也就是說，要使用前置詞＋名詞第四格，例如Антон положил книгу на стул. 安東把書放在椅子上。值得一提的是，動詞положить是完成體，而未完成體動詞為класть，需特別注意。第43題需要選 (Б) на письменный стол。第44題的動詞是лежать，意思是「躺」，後須接где，而非куда，所以是表「靜止」的副詞或是前置詞＋名詞的詞組。請注意，該動詞在本句型中可視為BE動詞並省略不譯。本題應選 (А) на письменном столе。第45題的動詞是стоять，是「站著」的意思，後面也是接где，而非куда，所以是搭配表「靜止」的副詞或是前置詞＋名詞的詞組。翻譯的時候也如同лежать一般，可不譯。本題缺少主詞，所以應選 (В) письменный стол。第46題的關鍵詞是забыл，動詞原形是забыть，意思是「忘記」。該動詞後接受詞第四格，如果是「忘在哪裡」，則用где，而非куда，例如Антон забыл словарь дома. 安東把辭典忘在家裡了。本題應選表「靜止」狀態的 (А) на письменном столе。

★ Положите, пожалуйста, учебник *на письменный стол*.

請將課本放在書桌上。

★ Учебник лежит *на письменном столе*.

課本在書桌上。

★ Мой *письменный стол* стоит у окна.

我的書桌在窗戶旁。

★ Друг забыл ключи *на письменный стол*.

朋友把鑰匙忘在桌上了。

47. Вы давно знаете ... ?

48. Да, ... работает здесь уже пять лет.

49. ... 42 года.

50. Мне очень нравится разговаривать ... .

選項：(А) наш преподаватель (Б) нашего преподавателя (В) с нашим преподавателем (Г) нашему преподавателю

分析：第47題的關鍵詞是動詞знать。動詞為及物動詞，後接受詞第四格，所以應選 (Б) нашего преподавателя。第48題有動詞第三人稱單數的現在式變位，所以必須選一個第一格的主詞，故選 (А) наш преподаватель。第49題是固定句型。在俄語語法中，為了表示人的年齡或物體的歷史，人或物應為「主體」，而非主詞，要用第三格，例如Антону 20 лет. 安東20歲；Этому музею100 лет. 這博物館有100年的歷史了。本題應選 (Г) нашему преподавателю。第50題的關鍵詞是動詞разговаривать「聊天」。該動詞通常後接前置詞с＋名詞第五格，表示「與某人聊天」，故選 (В) с нашим преподавателем。

★ Вы давно знаете *нашего преподавателя*?
您認識我們的老師很久了嗎？

★ Да, *наш преподаватель* работает здесь уже пять лет.
是的，我們的老師在這裡工作已經五年了。

★ *Нашему преподавателю* 42 года.
我們的老師42歲。

★ Мне очень нравится разговаривать *с нашим преподавателем*.
我非常喜歡跟我們的老師聊天。

51. Это моя ...

52. Я хочу подарить книку ...

53. Я очень люблю ...

54. Вчера мы были ...

選項：(А) у русской подруги (Б) русская подруга (В) русской подруге (Г) русскую подругу

分析：第51題的關鍵詞是物主代名詞моя「我的」。該詞為陰性、單數、第一格，做為修飾名詞之用，所以本題答案也應為第一格之陰性名詞，是 (Б) русская подруга。第52題的關鍵詞是動詞подарить。該動詞為完成體動詞，未完成體動詞為дарить，意思是「贈送」。該動詞後接人應用第三格、接物則用第四格，例如Антон подарил Анне дорогую сумму. 安東送了一個昂貴的包包給安娜。本題應選第三格的 (В) русской подруге。第53題的關鍵詞大家都已經非常熟悉了，那就是及物動詞любить。該動詞後接受詞第四格或是原形動詞，例如Антон любит Анну. 安東愛安娜；Антон любит заниматься спортом. 安東喜歡運動。本題應選 (Г) русскую подругу。第54題的關鍵詞是BE動詞были。BE動詞быть後應接表示「靜止」狀態的地點，而這地點可以是副詞或是前置詞＋名詞的詞組。本題應選 (А) у русской подруги。

★ Это моя *русская подруга*.

這是我的俄國朋友。

★ Я хочу подарить книку *русской подруге*.

我想送一本書給俄國朋友。

★ Я очень люблю *русскую подругу*.

我非常愛我的俄國朋友。

★ Вчера мы были *у русской подруги*.

昨天我們去俄國朋友家作客。

55. В четверг Игорь поедет ...

56. Вчера Аня встретилась ...

57. Я должен позвонить ...

58. Эта картина – подарок моего ...

選項：(А) школьному другу (Б) к школьному другу (В) школьного друга (Г) со школьным другом

分析：第55題的關鍵詞是動詞поедет。該移動動詞的原形是поехать，意思是「去」。動詞後接前置詞＋名詞第四格，表示「去某地」；但是如果後接人，而非地點，則前置詞需用к＋人第三格。本題應選 (Б) к школьному другу。第56題的關鍵詞是動詞встретилась。該動詞是完成體動詞，原形為встретиться，後通常接前置詞 с＋人第五格，表示「與某人見面」。本題應選 (Г) со школьным другом。第57題動詞為完成體動詞позвонить，意思是「打電話」，後接人用第三格、接地點則用前置詞＋地點第四格，例如Антон позвонил маме в офис. 安東打了電話到辦公室給媽媽。第58題有「破折號」。該符號的左邊及右邊是同謂語，右邊的名詞подарок是第一格，而後有物主代名詞第二格修飾做為「從屬關係」，所以在物主代名詞之後應該還是第二格，做為完整之詞組。答案是 (В) школьного друга。

★ В четверг Игорь поедет *к школьному другу*.
星期四伊格爾要去找中學同學。

★ Вчера Аня встретилась *со школьным другом*.
昨天安娜跟中學同學見面。

★ Я должен позвонить *школьному другу*.
我應該打個電話給中學同學。

★ Эта картина – подарок моего *школьного друга*.

這幅畫是我中學同學送的禮物。

59. Сегодня очень ...

60. Климат на севере ...

61. Мне ...

62. В этом году зима очень ...

選項：(А) холодный (Б) холодная (В) холодно (Г) холодное

分析：第59題表示天氣如何要用副詞，應選 (В) холодно。第60題有主詞климат「氣候」，所以需要形容詞修飾，要選 (А) холодный。第61題是無人稱句，人稱代名詞мне是「主體」，而非「主詞」，為第三格，所以後須接副詞 (В) холодно。第62題與第60題類似，也有主詞。本題主詞為陰性名詞зима，所以答案應為形容詞來修飾名詞，故選 (Б) холодная。

★ Сегодня очень *холодно*.

今天好冷。

★ Климат на севере *холодный*.

北方的氣候冷。

★ Мне *холодно*.

我感覺冷。

★ В этом году зима очень *холодная*.

今年的冬天非常冷。

63. Родители пишут ... о своей жизни.

64. ... не было на экскурсии.

選項：(А) он (Б) ему (В) его (Г) о нём

分析：第63題的關鍵是動詞пишут。該動詞的原形為писать，完成體為написать，意思是「寫」。動詞後通常接人用第三格、接物用第四格，例如Антон пишет письмо Анне каждый день. 安東每天寫信給安娜。本題的物省略，後加前置詞о＋名詞第六格。答案應選 (Б) ему。第64題是無人稱的否定句。在此句型中主體為否定應用第二格，故選 (В) его。

★ Родители пишут *ему* о своей жизни.
父母親寫給他一封有關自己生活的信。

★ *Его* не было на экскурсии.
他沒去旅遊。

65. В нашем доме очень много ...
66. Недавно отец купил ещё одну ...
67. Все ... очень красивые.
68. Эта ... находится в Эрмитаже.
選項：(А) картина (Б) картин (В) картины (Г) картину

分析：第65題的關鍵詞是不定量數詞много。該數詞後須接第二格，可數名詞用複數第二格，不可數名詞用單數第二格，所以答案要選 (Б) картин。第66題的答案是名詞第四格，做為動詞купил的受詞，所以答案必須選第四格的 (Г) картину。第67題有代名詞все，做為主詞，而後有形容詞第一格красивые，所以答案應為複數第一格的 (В) картины。第68題有動詞находится，為第三人稱單數現在式變位，後接前置詞＋名詞第六格。答案應是主詞，為限定代名詞эта所修飾，所以應選 (А) картина。

★ В нашем доме очень много *картин*.

在我們的家中有非常多的畫作。

★ Недавно отец купил ещё одну *картину*.

父親不久之前又買了一幅畫。

★ Все *картины* очень красивые.

所有的畫都非常美麗。

★ Эта *картина* находится в Эрмитаже.

這幅畫在冬宮博物館。

69. Эту статью написали три ...

70. Сколько ... работает в этой редакции?

71. На конференцию приехали ...

72. Спортсмены встретились ...

選項：(А) журналистов (Б) журналиста (В) журналисты (Г) с журналистами

分析：第69題的關鍵詞是數詞три。數詞1後接名詞單數第一格，2至4接單數第二格，5及5以上用複數第二格。本題是3，所以要用單數第二格的 (Б) журналиста。第70題的關鍵詞是疑問代名詞сколько。該詞之後如為可數名詞，則接複數第二格；若為不可數名詞，則接單數第二格，例如сколько времени「多少時間」，時間不可數，用單數第二格；сколько студентов「多少學生」，學生可數，則用複數第二格。本題主角是記者，為可數名詞，所以用複數第二格 (А) журналистов。第71題有動詞приехали。該動詞為第三人稱複數的過去式，所以主詞應選符合複數第一格的名詞，故選 (В) журналисты。第72題的關鍵詞是動詞встретились。動詞的未完成體與完成體原形為встречаться / встретиться，後通常接前置詞с＋名詞第五格，所以答案是 (Г) с журналистами。

★ Эту статью написали три *журналиста*.

這篇文章是由三個記者寫的。

★ Сколько *журналистов* работает в этой редакции?

有多少個記者在這個編輯處工作？

★ На конференцию приехали *журналисты*.

記者們來到研討會。

★ Спортсмены встретились *с журналистами*.

運動員與記者見面了。

73. Скажите, пожалуйста, как называется ... улица?

74. Сколько стоят ... открытки?

75. Я хочу купить ... костюм.

選項：(А) это (Б) этот (В) эта (Г) эти

分析：這三題是考「指示代名詞」的性與數。選項 (А) это是中性的指示代名詞，需搭配中性的名詞，例如Мне очень нравится это кафе. 我非常喜歡這家咖啡廳。選項 (Б) этот是陽性：Антон купил этот учебник. 安東買了這本課本。選項 (В) эта是陰性：Эта студентка приехала из России. 這位學生來自俄羅斯。選項 (Г) эти是複數：Антон выучил эти новые слова. 安東學會了這些新的單詞。第73題名詞улица是陰性，所以答案為 (В) эта。第74題的名詞открытки為複數名詞，應選 (Г) эти。第75題的名詞костюм為陽性，答案要選 (Б) этот。

★ Скажите, пожалуйста, как называется *эта* улица?

請問這條街名為何？

★ Сколько стоят *эти* открытки?

這些明信片多少錢？

★ Я хочу купить *этот* костюм.

我想買這套西裝。

76. В Петербурге редко бывает ... погода.

77. Наши студенты уже ... говорят по-русски.

78. Этот словарь очень ... .

79. Мы купили ... учебники.

選項：(А) хороший (Б) хорошие (В) хорошая (Г) хорошо

分析：第76題主詞是погода，動詞是бывает，所以缺少的是一個修飾主詞的形容詞。主詞是陰性名詞，所以答案也應該是陰性的形容詞，應選 (В) хорошая。第77題主詞是наши студенты，動詞是говорят，答案應選擇一個修飾動詞的副詞，選項中的 (Г) хорошо是副詞，就是答案。第78題的主詞是этот словарь，動詞因為是現在式，所以省略了BE動詞。主詞是陽性名詞，所以答案應選擇陽性的形容詞 (А) хороший。第79題主詞是мы，動詞是купили，受詞是учебники。受詞第四格是複數，且缺少修飾它的形容詞，所以答案要選形容詞的複數形式，就是 (Б) хорошие。

★ В Петербурге редко бывает *хорошая* погода.

在彼得堡少有好天氣。

★ Наши студенты уже *хорошо* говорят по-русски.

我們的學生俄語已經說得不錯了。

★ Этот словарь очень *хороший*.

這本辭典非常好。

★ Мы купили *хорошие* учебники.

我們買了好課本。

80. Сегодня на уроке мы слушали рассказ ...

81. В университет приехали ...

82. Студенты встретились ...

選項：(А) известные учёные (Б) об известных учёных (В) известным учёным (Г) с известными учёными

分析：第80題主詞是мы，動詞是слушали，受詞為第四格的рассказ。受詞為動詞рассказывать / рассказать的名詞形式。動詞之後可接前置詞о＋名詞第六格，轉換成名詞時也是同樣的用法，所以答案選 (Б) об известных учёных。第80題的句首為前置詞＋名詞第四格，之後為第三人稱複數的過去式動詞приехали。明顯地句子沒有主詞，所以要選一個複數第一格的名詞作為主詞，應選 (А) известные учёные。第82題的關鍵詞已經看過無數次了，相信考生可以馬上反應，當然是要選前置詞с＋名詞第五格的組合 (Г) с известными учёными。

★ Сегодня на уроке мы слушали рассказ *об известных учёных*.
今天在課堂上我們聽了有關知名學者的故事。

★ В университет приехали *известные учёные*.
知名的學者來到了學校。

★ Студенты встретились *с известными учёными*.
學生與知名的學者見了面。

83. Анвар рассказал нам ... .

84. Я очень люблю делать подарки ... .

85. Мы часто ходим в гости ... .

選項：(А) свои друзья (Б) к своим друзьям (В) своим друзьям (Г) о своих друзьях

分析：第83題的作法可參考第80題的解析。動詞рассказать後可接前置詞о＋名詞第六格，答案應選 (Г) о своих друзьях。第84題的關鍵詞是動詞делать。該動詞後接物為直接受詞第四格，而接人則用第三格，當作間接受詞，所以答案應選 (В) своим друзьям。第85題的關鍵詞是移動動詞ходить。動詞作為「去、走」解釋，後面通常接前置詞＋地點第四格，如果要表達「去拜訪某人」，則應用前置詞к＋人第三格。本題應選 (Б) к своим друзьям。

★ Анвар рассказал нам *о своих друзьях*.
安法爾跟我們說朋友的故事。

★ Я очень люблю делать подарки *своим друзьям*.
我非常喜歡送朋友禮物。

★ Мы часто ходим в гости *к своим друзьям*.
我們常常去朋友家作客。

86. Я хочу купить ...
87. Раньше у нас не было ...
88. Я поеду в Москву ...
選項：(А) эта машина (Б) на этой машине (В) эту машину (Г) этой машины

分析：第86題的動詞說明了一切。動詞купить後接名詞第四格，當作直接受詞，如果接人，則用第三格，作為間接受詞，例如Антон купил Анне новую машину. 安東買了一輛新車給安娜。本題應選 (В) эту машину。第87題是固定句型。表示某人有某物用前置詞у＋某人第二格＋есть＋名詞第一格，例如У Антона есть машина. 安東有一部汽車。相反地，表示某人沒有某物則用前置詞у＋某人第二格＋нет＋名詞第二格，例如 У Антона нет велосипеда. 安東沒有腳踏車。本題為否定的過去式，所以應選 (Г) этой машины。第88題也是固定用法，希望考生記牢。表示搭乘某種交通工具去某處，需用移動動詞＋前置詞＋某地第四格，而搭乘交通工具則用前置詞на＋交通工具第六格。本題應選 (Б) на этой машине。

★ Я хочу купить *эту машину*.
我想買這部汽車。

★ Раньше у нас не было *этой машины*.
以前我們沒有這部汽車。

★ Я поеду в Москву *на этой машине*.
我要開這部車去莫斯科。

89. Сейчас мой брат живёт ...
90. Через неделю я тоже поеду ...
91. ... – старинный русский город.
選項：(А) Новгород (Б) из Новгорода (В) в Новгороде (Г) в Новгород

分析：第89題動詞живёт的原形動詞為жить，意思是「居住、生活」。動詞後通常接前置詞＋名詞第六格，表示「靜止」的狀態。選項 (В) в Новгороде是第六格，就是答案。第90題有移動動詞поеду，原形動詞是поехать，是需要搭乘交通工具的「去、前往」。動詞後通常接前置詞＋地點第四格，所以應選 (Г) в Новгород。第91題又是「破折號」。本題破折號的右邊是形容詞＋名詞第一格，所以破折號左邊也應為名詞第一格，故選 (А) Новгород。

★ Сейчас мой брат живёт *в Новгороде*.
我的哥哥現正住在諾夫哥羅德。

★ Через неделю я тоже поеду *в Новгород*.
我過一個禮拜後也要去諾夫哥羅德。

★ *Новгород* – старинный русский город.
諾夫哥羅德是個古老的俄羅斯城市。

第三部分

請選擇一個正確的答案。

92. Я мечтаю ... в институт.
93. Через год я ... в университет.
選項：(А) поступить (Б) буду поступать (В) поступал

分析：第92題主詞為я，助動詞與主詞搭配，為第一人稱單數現在式變位мечтаю，所以後應接原形動詞，答案選 (А) поступить。第93題句首即有表示「時間」概念的前置詞＋表時間的名詞第四格。前置詞через是「之後」，所以через год是「一年之後」，動詞時態應用未來式，所以要選 (Б) буду поступать。

★ Я мечтаю *поступить* в институт.
我渴望考上大學。

★ Через год я *буду поступать* в университет.
我過一年要考大學。

94. Извините, можно ... ?
95. После уроков я ... домой.
選項：(А) звонить (Б) позвонить (В) позвоню

分析：第94題無人稱句中的можно「可以」之後須接原形動詞，而此處的原形動詞需用完成體動詞。依照句意，主角詢問是否可以「打個電話」，這意指即將進行的「一次性」動作，所以應用完成體動詞，選 (Б) позвонить。第95題並無助動詞，所以不能選原形動詞。依照句意，前置詞после＋名詞第二格意指「課後」，所以動作應是未來式，答案為 (В) позвоню。

★ Извините, можно *позвонить*?
抱歉，可以打個電話嗎？

★ После уроков я *позвоню* домой.
課後我要打電話回家。

96. Завтра они ... оперу.
97. Вчера мы ... передачу об Индии.
選項：(А) слушать (Б) будут слушать (В) слушали

分析：第96題的關鍵詞是завтра「明天」，所以我們必須選一個未來式時態的動詞，答案是 (Б) будут слушать。第97題的關鍵詞是вчера「昨天」，自然地，答案必須是過去式的動詞，應該選 (В) слушали。

★ Завтра они *будут слушать* оперу.
他們明天要去聽歌劇。

★ Вчера мы *слушали* передачу об Индии.
昨天我們聽了關於印度的節目。

98. Сегодня я ... эту красивую девушку у театра.
選項：(А) встречался (Б) встретился (В) встретил

分析：選項 (А) встречался 與選項 (Б) встретился是一對未完成體動詞與完成體動詞，其原形為встречаться / встретиться。如同之前已經不只一次解說過的，該動詞之後通常前置詞с＋人第五格，表示「與某人見面」。若是動詞沒有-ся，則動詞的意思將有劇烈且衝突的轉變，例如Антон встретил Анну в библиотеке. 安東在圖書館碰見安娜。此處是「不期而遇」的意思。又例如Антон встретил Анну в аэропорту. 安東在機場接安娜。此處是「接機」的意思。所以，如果有上下文的暗示，或是句中有交通運輸的大站做為靜止狀態的地點，該動詞要做為「迎接」解釋。本題應選 (В) встретил。

★ Сегодня я *встретил* эту красивую девушку у театра.
今天我在劇場旁遇見這位美麗的女孩。

99. Друзья договорились ... на станции метро в воскресенье.
選項：(А) встречаться (Б) встретиться (В) встретимся

分析：本題的關鍵詞是助動詞договорились。該動詞的原形是договориться，是完成體動詞，未完成體動詞是договариваться，意思是「說好了、說定了」，通常後接原形動詞，表示「約定好要進行的動作」。根據句子的意思，約定好了在星期天見面，「見面就是見面」，並不是「反覆地見面」，所以要選完成體動詞 (Б) встретиться。

★ Друзья договорились *встретиться* на станции метро в воскресенье.
朋友們說定了星期天在地鐵站見面。

100. Вы уже ... задачи?

101. Антон хорошо ... задачи.

102. Вам нужно ... пять задач.

選項：(А) решить (Б) решили (В) решает

分析：第100題的副詞уже是關鍵詞。該詞的意思是「已經」，通常與動詞的過去式連用，所以答案應選 (Б) решили。第101題主詞是Антон，受詞是задачи，並無與時態相關的副詞或詞組，而有一個修飾動詞、表示「評價」的副詞хорошо。此副詞在此意味著主詞做此動作的「常態」，所以要用未完成體的現在式動詞，應選 (В) решает。第102題為帶有形容詞短尾形式нужно的無人稱句。單詞нужно後通常接原形動詞，表示「必須要做的動作」。動詞用完成體動詞表示即將要做的動作，答案為 (А) решить。

★ Вы уже *решили* задачи?
你們已經做完了習題嗎？

★ Антон хорошо *решает* задачи.
安東善於解題。

★ Вам нужно *решить* пять задач.
你們必須做五個習題。

103. Я не могла ... его имя.

104. Он долго ... номер телефона.

105. Ты, наконец, ..., как называется эта книга.

選項：(А) вспоминал (Б) вспомнил (В) вспомнить

分析：第103題有助動詞могла，所以後接原形動詞。動詞могла的原形為мочь，意思是「能夠」，句子的意思是「無法想起來」，是一種動作的結果，而非過程，所以要用完成體動詞 (В) вспомнить。第104題的關鍵詞是副詞долго「久」。副詞的意思本身就說明了動作的「過程」，而非「結果」，所以必須選未完成體的動詞 (А) вспоминал。第105題則恰好相反。該題有一個詞意為「終於」的副詞наконец，所以傳達了某種「結果」的意義。答案為 (Б) вспомнил。

★ Я не могла *вспомнить* его имя.
我無法想起來他的名字。

★ Он долго *вспоминал* номер телефона.
他花了很久的時間回想電話號碼。

★ Ты, наконец, *вспомнил* как называется эта книга.
你終於想起來這本書的書名了。

106. Врач ... из кабинета в коридор.
107. Его нет на работе, он уже ... .
108. Преподаватель ... в аудиторию.
選項：(А) ушёл (Б) вошёл (В) вышел

分析：選項 (А) ушёл的原形動詞是уйти，是「離開」的意思。這個「離開」指得是「從一個空間離開」，而且在「相對的」短時間之內不會再回到那個空間，例如第107題的「下班」就是一個好例子，就是答案。跟這個動詞最好的對比就是選項 (В) вышел。動詞вышел的原形動詞是выйти，意義與уйти類似，是從一個間「出去」的意思，而這種「出去」只是相對短暫的、是還會再回到原來的空間的，例如「下課了，中場休息，學生去洗手間一下」，就適合用這個動詞，而非用

уйти。第106題就是用 (В) вышел。選項 (Б) вошёл的原形動詞是войти，是「進入」一個空間的意思，適合第108題的答案。

★ Врач *вышел* из кабинета в коридор.
醫生走出診間到走廊。

★ Его нет на работе, он уже *ушёл*.
他已經下班離開了。

★ Преподаватель *вошёл* в аудиторию.
老師走進了教室。

109. Радж каждое лето ... в Индию.
110. В этом году он не сможет ... домой.
選項：(А) ездить (Б) ездит (В) поехать

分析：第109題的關鍵是詞組каждое лето「每個夏天」。凡有「頻率副詞或表頻率的詞組」皆須用「不定向」的移動動詞。這些副詞或詞組如：часто、всегда、никогда、редко、каждый день、по субботам「每個禮拜六」、2 раза в неделю「一個禮拜兩次」等等。本題有主詞第三人稱單數，有前置詞＋地點第四格，所以動詞也應用第三人稱單數現在式的變位 (Б) ездит。第110題有完成體的助動詞сможет，也有時間в этом году與地點домой，所以指的是「未來」無法做的事情，所以應用定向的移動動詞。助動詞之後接原形動詞，應選 (В) поехать。

★ Радж каждое лето *ездит* в Индию.
拉茲每個夏天去印度。

★ В этом году он не сможет *поехать* домой.
今年他無法返家。

111. Ты часто ... в лесу?

選項：(А) идёшь (Б) ходишь

分析：本題有頻率副詞часто「常常」，本應用不定向動詞，後接前置詞＋地點第四格，表示「常常去某處」。而本題的前置詞後接地點第六格，而非第四格，所以句意不同，但是也不影響用不定向動詞之決定，因為在此表示「在某處漫步」，漫步或走路不會是同一個方向的，應該是「走來走去」才合理。答案是 (Б) ходишь

★ Ты часто *ходишь* в лесу?

你常常在森林裡漫步嗎？

112. Поль и его друзья часто ... в театр.

113. Сегодня они ... в театр.

選項：(А) идут (Б) ходят

分析：第112題有頻率副詞часто「常常」，後接前置詞＋地點第四格，表示「常常去某處」，所以答案是 (Б) ходят。第113題有「確切的時間」，試比較第110題的в этом году「在今年」。如有表示確切時間或是指「當下」的時間，無論是現在式、過去式或是未來式，都應用「定向動詞」，例如Куда идёт Антон? 安東現在去哪裡？Куда ты шла, когда я увидела тебя сегодня? 我今天看到妳的時候，妳去哪裡？本題應選 (А) идут。

★ Поль и его друзья часто *ходят* в театр.

保羅跟他的朋友常常去劇場。

★ Сегодня они *идут* в театр.

今天他們要去劇場。

114. В следующем году они ... в спортзал.

選項：(А) идти (Б) будут ходить

分析：本題當然應選 (Б) будут ходить，而不能選原形動詞，因句中並無助動詞。另外，根據句意，去「健身房」應該是一種「反覆、重複」的行為，所以要用「不定向」的移動動詞。

★ В следующем году они *будут ходить* в спортзал.
明年他們將要上健身房。

115. До Павловска мы ... на автобусе.

116. В Москву мы ... целую ночью.

117. Целый день туристы ... по городу пешком.

選項：(А) ходили (Б) ехали (В) ходить

分析：選項 (А) ходили的原形動詞是選項 (В) ходить，是「走、去」的意思，是不定向的移動動詞。不定向移動動詞已經做過許多，它與頻率副詞或是句意有「反覆、重複」的動作連用。另外，句中如有表達「去過又回來」的內容，當然是用不定向動詞，例如Вчера Антон ходил в гости к Анне. 昨天安東去安娜家作客。這句話的意思是：安東昨天去作客，作客結束後回家了。定向動詞則沒有這種意涵。定向動詞通常表示「當下的」動作，或是表示一個移動的「確切方向」，同時不會有頻率副詞，例如Антон едет на юг. 安東現正搭車去南部。選項 (Б) ехали 即是定向動詞。第115題意思是如何到達目的地，是一個往確切方向移動的動作，所以應用定向動詞 (Б) ехали。第116題與第115題類似，方向明確並沒有來來回回的動作，同時後有第四格的詞組表示「一段時間」的幫忙，讓我們輕鬆選定向動詞 (Б) ехали。第117題雖有表示「一段時間」的詞組целый день，但是答題的關鍵則在по городу，因為「在城裡閒逛」絕對不會是往一個方向逛，所以要選 (А) ходили。

★ До Павловска мы *ехали* на автобусе.
我們是搭巴士抵達帕夫羅夫斯克的。

★ В Москву мы *ехали* целую ночью.
我們搭了一整晚的車前往莫斯科。

★ Целый день туристы *ходили* по городу пешком.
觀光客整天在城裡閒逛。

118. Завтра я ... на работу.
119. Каждый день я ... в университет.
120. Через год я ... в Италию.
選項：(А) поеду (Б) езжу

分析：選項 (А) поеду的原形動詞是поехать，是定向的完成體動詞。選項 (Б) езжу的原形動詞是ездить，是不定向的未完成體動詞。第118題的關鍵是завтра「明天」，所以動詞要用完成體動詞以表達未來式的時態，應選 (А) поеду。第119題有表示頻率的詞組каждый день「每天」，所以答案是 (Б) езжу。第120題有前置詞＋名詞第四格через год，意思是「一年之後」，是未來式，所以應選 (А) поеду。

★ Завтра я *поеду* на работу.
明天我要去上班。

★ Каждый день я *езжу* в университет.
我每天去學校。

★ Через год я *поеду* в Италию.
我一年之後要去義大利。

121. Каждый день он ... в институт.

122. Сейчас он ... в библиотеку.

選項：(А) идёт (Б) ходит

分析：第121題有表示「頻率」的詞組каждый день「每天」，所以要選不定向動詞 (Б) ходит。第122題有時間副詞сейчас「現在」，表示「當下的時間」，所以要選 (А) идёт。

★ Каждый день он *ходит* в институт.

他每天去學校。

★ Сейчас он *идёт* в библиотеку.

他現在正走去圖書館。

123. Сегодня мы ... в музей.

124. Каждое лето мы ... на юг.

選項：(А) едем (Б) ездим

分析：第123題有時間副詞сегодня「今天」，表示「當下的時間」，所以要選 (А) едем。第124題有表示「頻率」的詞組каждое лето「每個夏天」，所以要選不定向動詞 (Б) ездим。

★ Сегодня мы *едем* в музей.

今天我們要去博物館。

★ Каждое лето мы *ездим* на юг.

我們每個夏天去南部。

125. Мой друг ... домой на каникулы.

126. Моих друзей нет дома, они ... на дачу.

127. Вчера к нам ... гости.

選項：(A) уехали (Б) приехали (В) поедет

分析：第125題的主詞是мой друг，目的地是домой「回家」，只有選項 (В) поедет符合主詞是第三人稱單數，同時時態為未來式，也符合句意，就是答案。第126題主詞是они，後有前置詞＋地點第四格，所以是移動的動作。另外前文表示他們不在家，所以應該是「離開家＋去地點的第四格」，應選答案 (A) уехали。第127題的主詞是гости「客人」，另有時間副詞вчера「昨天」，後有前置詞к＋人第三格，依句意應選 (Б) приехали。

★ Мой друг *поедет* домой на каникулы.
我的朋友要返家度假。

★ Моих друзей нет дома, они *уехали* на дачу.
我的朋友不在家，他們去鄉間小屋了。

★ Вчера к нам *приехали* гости.
客人昨天來我們家作客。

128. Туристы ... к памятнику А.С. Пушкину.

129. В библиотеку мы ... пешком.

130. Мы долго ... по этому проспекту.

選項：(A) подошли (Б) шли

分析：第128題的主詞是туристы，後接前置詞 к＋地點第三格，表示「靠近、往地點的方向」，依照句意，須選 (А) подошли。另外值得一提的是，名詞памятник後接第三格來修飾該詞，而非第二格，切記。第129題有前置詞＋地點第四格，表示「移動」的動作，但是並無頻率副詞或詞組。依照句意，應選 (Б) шли。第130題有關鍵副詞долго「久」，另外還有表示定向的前置詞＋第三格名詞「沿著」，所以要選 (Б) шли。

★ Туристы *подошли* к памятнику А.С. Пушкину.
遊客走靠近了普希金的雕像。

★ В библиотеку мы *шли* пешком.
我們用走的去圖書館。

★ Мы долго *шли* по этому проспекту.
我們沿著這條大道走了許久。

131. Вы не знаете, ... зовут этого студента?
132. Антон, ... тебе подарили родители?
133. Ты знаешь, ... приехали эти студенты?
選項：(А) откуда (Б) как (В) что

分析：第131題是固定句型。問人的名字時用疑問詞как，所以答案要選 (Б) как。第131題主詞是родители「父母親」，動詞是подарили「送」，後接人用第三格тебе當作間接受詞，所以答案應為直接受詞。本題的關係代名詞的角色即是直接受詞，所以答案為 (В) что。根據第131題的句意，問人的國籍或是從哪一個國家來的，要用疑問詞откуда，答案是 (А) откуда。

★ Вы не знаете, *как* зовут этого студента?

您知道這位學生叫甚麼名字嗎？

★ Антон, *что* тебе подарили родители?

安東，你的父母親送了什麼給你？

★ Ты знаешь, *откуда* приехали эти студенты?

你知道這些學生是從哪裡來的嗎？

134. Расскажи, ... ты встретил в филармонии.

135. Расскажи, ... ты встретился вчера.

136. Скажи, пожалуйста, ... был с тобой в цирке.

選項：(А) кто (Б) кого (В) с кем

分析：第134題的關鍵詞是встретил。原形動詞是встретить，是完成體動詞，後接受詞第四格，在本單元已多次解析該詞之用法與意義。本題答案應選 (Б) кого。第135題動詞是встретился。原形動詞是встретиться，是完成體動詞，後通常接前置詞＋人第五格，在本單元已多次解析該詞之用法與意義。本題答案應選 (В) с кем。第136題並無主詞，所以應選 (А) кто疑問代名詞第一格，作為主詞。

★ Расскажи, *кого* ты встретил в филармонии.

你說說，你在音樂廳遇到了誰。

★ Расскажи, *с кем* ты встретился вчера.

你說說，你昨天跟誰見面了。

★ Скажи, пожалуйста, *кто* был с тобой в цирке.

告訴我，誰跟你去馬戲團的。

137. Скажи, пожалуйста, ... ты положил цветы?

138. Скажите, пожалуйста, ... стоит рубашка?

139. Скажите, ... вы приехали в Россию?

選項：(А) куда (Б) когда (В) сколько

分析：第137題的動詞要特別記其用法。它的原形動詞是положить，是完成體動詞，其未完成體動詞為класть，意思是「放置、放入」。動詞之後加表示「移動」狀態的副詞或前置詞＋名詞第四格，例如Антон положил тетрадь в рюкзак. 安東把筆記本放進了背包。選項 (А) куда為表示「移動」狀態的疑問副詞，就是答案。第138題是基本句型，考生在A1等級就應該已經學過，答案是 (В) сколько。另外要注意的是，如果主詞是複數，動詞則也應用複數形式стоят。第139題靠句意就可解題。句中主詞為вы，移動動詞為приехали「來到」，動詞有前置詞＋地點第四格，合乎移動動詞的用法。只有選項 (Б) когда合乎句意。

★ Скажи, пожалуйста, *куда* ты положил цветы?
請問你把花放哪裡了？

★ Скажите, пожалуйста, *сколько* стоит рубашка?
請問襯衫多少錢？

★ Скажите, *когда* вы приехали в Россию?
請問你們是甚麼時候來到俄羅斯的？

140. Расскажите, пожалуйста, ... вы любите ездить летом.

141. Луи сказал, ... надо уже идти домой.

142. Скажите, пожалуйста, Вы знаете, ... он живёт?

選項：(А) что (Б) где (В) куда

分析：第140題的句子中有主詞вы，有動詞любите ездить，是助動詞＋原形動詞的形式。原形動詞為移動動詞，是表示「移動」而非「靜止」的狀態，所以必須選 (В) куда。第141題為複合句。主詞Луи，動詞сказал，而從句為無人稱的句型。句中有副詞надо，後應接原形動詞，表示「應該做何事」，若有人，則需用第三格，例如Антону надо встретить Анну в аэропорту. 安東必須在機場接安娜。本句有原形動詞＋地點，句意完整，所以答案為無詞意的連接詞 (А) что。第142題的關鍵詞為動詞живёт。動詞жить後應接表示「靜止」狀態的副詞或詞組，例如Антон живёт в Москве. 安東住在莫斯科。本題答案應選 (Б) где。

★ Расскажите, пожалуйста, *куда* вы любите ездить летом.
請說說，你們夏天喜歡去哪裡。

★ Луи сказал, *что* надо уже идти домой.
路易說應該要回家了。

★ Скажите, пожалуйста, Вы знаете, *где* он живёт?
請問您知道他住在哪裡嗎？

143. Друг спросил, ... было на консультации.
144. ... времени вы читали этот текст?
選項：(А) что (Б) сколько (В) где

分析：第143題的前置詞＋名詞第六格意思是「在諮詢的時候」。名詞консультации為第六格，第一格是консультация，是「諮詢」的意思。動詞было為BE動詞中性過去式形式。根據句意，答案應選關係代名詞 (А) что。如果句子改寫為была консультация，則答案可選где。第144題有名詞времени單數第二格。該名詞如解釋為「時間」則無複數，如意思是「時代」，則可用複數形式。本題答案為 (Б) сколько。疑問詞сколько之後若為可數名詞，則應用複數；若為不可數名詞，則用單數。

★ Друг спросил, что было на консультации.
朋友問諮詢的內容為何。

★ *Сколько* времени вы читали этот текст?
你們這篇課文讀了多久？

145. Я не пойду на дискотеку, ... мне нужно заниматься.
146. Скоро у нас будет экзамен, ... я должен повторить грамматику.
147. Вчера мы не ходили гулять, ... была плохая погода.
148. Сегодня я ещё не обедал, ... я хочу есть.
選項：(А) поэтому (Б) потому что

分析：選項 (А) поэтому是「所以」的意思，說明事情的「結果」；而選項 (Б) потому что是「因為」的意思，所以是說明事情的「原因」。第145題前句為結果，後句為原因，要選 (Б) потому что。第146題與第145題相反，前句為原因，後句為結果，要選 (А) поэтому。第147題前句為結果，後句為原因，要選 (Б) потому что。第148題前句為原因，後句才是結果，所以應選 (А) поэтому。

★ Я не пойду на дискотеку, *потому что* мне нужно заниматься.
我不去跳舞，因為我必須念書。

★ Скоро у нас будет экзамен, *поэтому* я должен повторить грамматику.
我們就快要考試了，所以我應該要複習語法。

★ Вчера мы не ходили гулять, *потому что* была плохая погода.
昨天我們沒去散步，因為天氣不好。

★ Сегодня я ещё не обедал, *поэтому* я хочу есть.
今天我還沒吃中飯，所以現在想吃東西。

149. Мы ещё не знаем, ... мы будем делать завтра.
150. Мама попросила Андрея, ... он купил продукты.
151. Вы хотите, ... я помог Вам?
152. Я думаю, ... Марина хорошая студентка.
選項：(А) что (Б) чтобы

分析：選項 (А) что基本上的用法如下：當「疑問代名詞」，例如Что это? 這是什麼？用在複合句中當「關係代名詞」，例如Я не знаю, что хочет Антон. 我不知道安東想要什麼。當「連接詞」，例如Антон сказал, что завтра будет экзамен. 安東說明天要考試。我們清楚看到，如果что當「連接詞」的時候，它的功能就是連接主句及從句，單詞本身無詞意。第149題что作為「關係代名詞」使用；第152題的что則做為「連接詞」。選項 (Б) чтобы通常做為「連接詞」使用，但是它與что的區別是：что作為連接詞，本身並無詞意，僅連接主句及從句；而чтобы除了連接二句之外，本身是有詞意的，做「為了」解釋。另外俄語語法規定，連接詞чтобы之前句與後句的主詞若是相同，則後句的動詞應用原形動詞，若是主詞不同，則後句的動詞應用動詞的過去式。這個規定可以在第150題及第151題得到驗證。

★ Мы ещё не знаем, *что* мы будем делать завтра.
我們還不知道明天要做什麼。

★ Мама попросила Андрея, *чтобы* он купил продукты.
媽媽要求安德烈去買食材。

★ Вы хотите, *чтобы* я помог Вам?

您想要我幫您嗎？

★ Я думаю, *что* Марина хорошая студентка.

我認為瑪琳娜是個好學生。

153. Расскажи нам, ... увлекается твой брат.

154. Ты не знаешь, ... он говорит?

155. Андрей знал, ... помочь другу.

156. Наташа спросила, ... он написал родителям.

選項：(А) о чём (Б) чем

分析：第153題的動詞是увлекается，其原形動詞為увлекаться。動詞詞意為「感興趣」，動詞後被感興趣的人或物用第五格，例如Антон увлекается современной музыкой. 安東對現代音樂感興趣。本題應選 (Б) чем。第154題的動詞是говорит，其原形動詞為говорить。動詞詞意為「說」，動詞後接前置詞о＋名詞第六格，所以應選 (А) о чём。第155題的動詞是помочь，是完成體動詞，其未完成體動詞為помогать，意思是「幫助」。動詞後接人應用第三格、接物可用第五格或是前置詞＋名詞第六格，例如Антон очень помог нам в этой работе. 安東在這件工作上幫了我們大忙；Чем я могу помочь? 我能幫點什麼忙嗎？本題應選 (Б) чем。第156題的動詞是написал，其原形動詞為написать，是完成體動詞，未完成體動詞為писать。動詞詞意為「寫；寫信」，動詞後接人用第三格，之後用前置詞о＋名詞第六格，表示「寫信的內容」，例如Антон часто пишет Анне о своей жизни на Тайване. 安東常常寫信給安娜，寫自己在台灣的生活。本題應選 (А) о чём。

★ Расскажи нам, *чем* увлекается твой брат.

請說說，你的哥哥對什麼感興趣。

★ Ты не знаешь, *о чём* он говорит?

你知道他在說些什麼嗎？

★ Андрей знал, *чем* помочь другу.

安德烈知道如何幫助朋友。

★ Наташа спросила, *о чём* он написал родителям.

娜塔莎問他給父母親寫信的內容。

157. Я знаю студента, ... учился в Англии.

158. Где письмо, ... я положил на стол?

159. Вы знаете девушку, ... недавно приехала из Финляндии?

160. Мы были в магазинах, ... находятся на Невском проспекте.

選項：(А) которые (Б) который (В) которая (Г) которое

分析：關係代名詞который顧名思義即是代替前句的名詞，要如何使用，則需視其所在從句的角色而定，也就是說，要明瞭其在句中是主詞、受詞，或是做為時間或地點的補語。第157題有動詞учился，有地點的補語в Англии，明顯缺的是主詞。因為代替的名詞是студент，是陽性，所以要選 (Б) который。第158題有主詞я，有動詞положил，有地點的補語на стол，所以答案應為受詞第四格，應選 (Г) которое。第159題與第157題的語法形式相近，但主詞為替代девушка，所以應該是陰性的 (В) которая。第160題也是，有動詞及地方補語，獨缺主詞，應選 (А) которые。

★ Я знаю студента, *который* учился в Англии.

我認識那個曾在英國念書的學生。

★ Где письмо, *которое* я положил на стол?

我之前放在桌上的信跑哪去了？

★ Вы знаете девушку, *которая* недавно приехала из Финляндии?

你們認識那個不久之前來自芬蘭的女孩嗎？

★ Мы были в магазинах, *которые* находятся на Невском проспекте.

我們之前去過在涅夫斯基大街的商店。

測驗四：詞彙與語法

請選擇一個正確的答案。

1. Я часто хожу ... .
2. ... находится на 5-ом этаже.
3. Вчера я тоже был ... .
4. Я вернулся домой ... в 6 часов.

選項：(А) библиотека (Б) в библиотеку (В) в библиотеке (Г) библиотеки (Д) из библиотеки

分析：第1題的關鍵詞是動詞хожу。該動詞原形為ходить，是不定向移動動詞，後通常接表「移動」狀態的副詞或是前置詞＋名詞第四格。本題應選 (Б) в библиотеку。第二題有動詞находится及表地方的補語на 5-ом этаже，答案應該是個第一格的主詞，應選 (А) библиотека。第3題有BE動詞был，所以後應接表「靜止」狀態的副詞或是前置詞＋名詞第六格。本題答案為 (В) в библиотеке。第4題動詞是вернулся，後接表地方的副詞，是「移動」的狀態，因為動詞意思是「返回」。原形動詞為возвращаться / вернуться，與移動動詞用法相同。如果要表達「從何處返回」，則可用前置詞＋名詞第二格，如選項 (Д) из библиотеки。

★ Я часто хожу *в библиотеку*.

我常常去圖書館。

★ *Библиотека* находится на 5-ом этаже.

圖書館在五樓。

★ Вчера я тоже был *в библиотеке*.

我昨天也去了圖書館。

★ Я вернулся домой *из библиотеки* в 6 часов.

我在六點鐘從圖書館回到了家。

5. Мой отец - ... .
6. Я тоже хочу стать ... .
7. Мне нравится профессия ... .
8. ... нужно много знать.

選項：(А) инженера (Б) с инженером (В) инженер (Г) инженером (Д) инженеру

分析：第5題的關鍵是「破折號」。該符號的左右兩邊性、數、格應該一致，表示「同謂語」。左邊是名詞第一格，所以右邊也應為第一格名詞，故選 (В) инженер。第6題動詞是стать，意思是「成為」，後無前置詞，直接加第五格，所以答案是 (Г) инженером。第7題是нравиться的特殊句型。主動的人應用第三格，而被喜歡的人或物要用第一格，所以「我喜歡」是мне нравится，而被喜歡的是профессия「職業」第一格。名詞「職業」後加名詞第二格來修飾職業，表「從屬關係」，所以答案是 (А) инженера。第8題有關鍵詞нужно。後加原形動詞表示「應該要做的動作」，如為「主體」則需用第三格，是無人稱句型。本題答案應選 (Д) инженеру。

★ Мой отец - *инженер*.

我的爸爸是位工程師。

★ Я тоже хочу стать *инженером*.

我也想成為一位工程師。

★ Мне нравится профессия *инженера*.

我喜歡工程師的專業。

★ *Инженеру* нужно много знать.

工程師需要懂得很多。

9. Я давно не видела ...
10. Вчера я позвонила ...
11. Я люблю разговаривать ...
12. Скоро я поеду ...

選項：(А) сестра (Б) сестре (В) сестру (Г) к сестре (Д) с сестрой

分析：第9題的動詞是видела，原形動詞是видеть。動詞後接受詞第四格，為及物動詞。本題應選 (В) сестру。第10題的動詞позвонила為非及物動詞，後通常接人用第三格，答案是 (Б) сестре。第11題的動詞是разговаривать，意思是「聊天」，後通常接前置詞＋人第五格，所以應選 (Д) с сестрой。第12題的動詞是移動動詞поехать。動詞後通常接前置詞＋地點第四格；但是如果後面接人，則應用前置詞к＋人第三格，表示「找人、去某人家」之意。本題應選 (Г) к сестре。另外，如果文中沒有明示сестра、брат的年紀，那就隨意稱呼他們吧。

★ Я давно не видела *сестру*.

我好久沒有看到姊姊了。

★ Вчера я позвонила *сестре*.

昨天我打了電話給姊姊。

★ Я люблю разговаривать *с сестрой*.

我喜歡跟姊姊聊天。

★ Скоро я поеду *к сестре*.

我很快就會去找姊姊。

13. Мой друг приехал ...

14. Раньше он жил ...

15. Он хорошо знает столицу ...

16. Он любит рассказывать ...

選項：(А) Китай (Б) из Китая (В) в Китае (Г) Китая (Д) о Китае

分析：第13題的主詞是мой друг，動詞是移動動詞приехал，原形動詞是приехать。所以動詞後可接表示「移動」狀態的副詞或是前置詞в或на＋地點第四格，表示「抵達某處」。如果要表達「從何處抵達」，則須接相對的前置詞из或с＋地點第二格。本題應選 (Б) из Китая。第14題的關鍵是動詞жить。動詞後通常接表示「靜止」狀態的副詞或前置詞＋地點第六格，所以應選 (В) в Китае。第15題的主詞為он，動詞為знает。動詞後接受詞第四格столицу「首都」，所以答案應為名詞第二格來修飾「首都」，並作為「從屬關係」，故選 (Г) Китая。第16題動詞後接人作為間接受詞的話，應用第三格，而後用前置詞о＋名詞第六格。本題應選 (Д) о Китае。

★ Мой друг приехал *из Китая*.

我的朋友來自中國。

★ Раньше он жил *в Китае*.

他以前住在中國。

★ Он хорошо знает столицу *Китая*.

他對中國的首都很熟。

★ Он любит рассказывать *о Китае*.

他喜歡敘述中國的種種。

17. У меня нет ... .
18. Я хочу купить ... .
19. Я писал упражнение ... .
20. У меня есть ... .

選項：(А) новую тетрадь (Б) новой тетради (В) новая тетрадь (Г) в новой тетради

分析：第17題是基本句型。前置詞у＋第二格＋нет表示「某人或某物沒有」，後接名詞第二格；相反的，若要表示「某人或某物有」，則是前置詞у＋第二格＋есть後接名詞第一格。本題應選 (Б) новой тетради。第18題的主詞為я，動詞為хочу купить，所以答案為動詞後的受詞第四格，應選 (А) новую тетрадь。第19題與第18類似，都有主詞、受詞。但是第19題欠缺的就是表示「地方」的補語，可用前置詞＋名詞第六格，所以是 (Г) в новой тетради。第20題如前面所解析，肯定句用名詞第一格，應選 (В) новая тетрадь。

★ У меня нет *новой тетради*.

我沒有新的筆記本。

★ Я хочу купить *новую тетрадь*.

我想買新的筆記本。

★ Я писал упражнение *в новой тетради*.

我在新的筆記本上寫練習題。

★ У меня есть *новая тетрадь*.

我有新的筆記本。

21. Антон - студент ... .

22. Он поступил ... в этом году.

23. Его брат тоже учится ... .

24. Я окончил ... в прошлом году.

選項：(А) инженерный факультет (Б) инженерного факультета (В) на инженерном факультете (Г) на инженерный факультет

分析：第21題又是「破折號」。該符號的左右兩側是「同謂語」，同屬名詞第一格。名詞студент後再接名詞則應為第二格，做為修飾студент之用，為「從屬關係」，所以要選 (Б) инженерного факультета。第22題的關鍵詞是動詞поступить。該動詞為「進入、考進」的意思，考生可看作是個「移動」的狀態，所以後面通常接前置詞＋名詞第四格。而名詞факультет「系」前面應用на，而非用в。本題選 (Г) на инженерный факультет。第23題的關鍵也是動詞。動詞учиться後面通常接前置詞＋地點第六格，或是接表時間的副詞或詞組，所以應選 (В) на инженерном факультете。第24題主詞為я，動詞為окончил。動詞的原形為окончить，是及物動詞，後應接受詞第四格，所以答案是 (А) инженерный факультет。

★ Антон – студент *инженерного факультета.*

安東是工程系的學生。

★ Он поступил *на инженерный факультет* в этом году.

他在今年考取了工程系。

★ Его брат тоже учится *на инженерном факультете.*

他的哥哥也念工程系。

★ Я окончил *инженерный факультет* в прошлом году.

我去年從工程系畢業。

25. Я изучаю ... уже 4 месяца.
26. Мы уже немного знаем грамматику ... .
27. Мы занимаемся ... очень серьёзно.
28. Скоро у нас будет экзамен ... .

選項：(А) по русскому языку (Б) русским языком (В) русского языка (Г) русский язык

分析：第25題動詞изучать後接受詞第四格，是及物動詞，答案為(Г) русский язык。第26題動詞знаем後接受詞第四格，而後再有名詞詞組，則應用第二格來修飾前一名詞，做為「從屬關係」。答案應選 (В) русского языка。第27題的關鍵也是動詞。動詞заниматься後面通常不用前置詞，而直接用名詞第五格，所以應選 (Б) русским языком。第28題的關鍵詞是名詞экзамен「考試」。該名詞後通常用前置詞по＋名詞第三格，表示考試的「屬性」，而非表示從屬關係的第二格，非常特殊，要特別記下來。

★ Я изучаю *русский язык* уже 4 месяца.

我學俄文已經四個月了。

★ Мы уже немного знаем грамматику *русского языка*.

我們已經懂了一點俄文語法。

★ Мы занимаемся *русским языком* очень серьёзно.

我們非常認真地學習俄文。

★ Скоро у нас будет экзамен *по русскому языку*.

我們就快要有一個俄文考試。

29. В моём журнале есть ...

30. Я ещё не прочитал ...

31. Мой друг говорил мне ...

32. У меня нет ... .

選項：(А) этой статьи (Б) эта статья (В) эту статью (Г) об этой статье

分析：第29題有前置詞в＋名詞第六格表示「靜止」狀態的地點，唯獨缺乏主詞，所以要選第一格的 (Б) эта статья。第30題有及物動詞прочитать，後應接受詞第四格，所以答案是 (В) эту статью。值得注意的是，及物動詞之前若是否定，在標準語法規則中，動詞後應接受詞第二格，但在口語中接第四格是被允許的，在實用俄語中常常是接第四格，而非第二格。第31題的關鍵是動詞говорить的用法。動詞後面加人用第三格、接物則用前置詞о＋名詞第六格，所以答案是 (Г) об этой статье。第32題的句型已經出現若干次，可參考本單元第17題的解說。本題應選 (А) этой статьи。

★ В моём журнале есть *эта статья.*
在我的雜誌中有這篇文章。

★ Я ещё не прочитал *эту статью.*
我還沒有讀完這篇文章。

★ Мой друг говорил мне *об этой статье.*
我的朋友跟我敘述這篇文章的內容。

★ У меня нет *этой статьи.*
我沒有這篇文章。

33. Виктор получил письмо от ...
選項：(А) младший брат (Б) младшего брата (В) младшему брату

分析：基本句型。動詞получать / получить「得到、獲得」之後加受詞第四格，是及物動詞。如果要補充是「從何人」收到的受詞第四格，則須用前置詞от＋人第二格。注意，是前置詞от，而非из。本題應選 (Б) младшего брата。

★ Виктор получил письмо от *младшего брата.*
維克多接到弟弟寄來的信。

34. Вчера мы ходили на ...
選項：(А) выставку (Б) выставке (В) выставка

分析：同樣是基本句型。動詞ходить是不定向的移動動詞，意思是「去、走去」，其定向動詞為идти。動詞之後通常接表示「動態」的副詞或前置詞в或на＋地點第四格，例如Антон идёт сюда. 安東正往這裡走來；Антон ходит в театр каждый понедельник. 安東每個禮拜一去看劇。單詞сюда為表示「動態」的副詞；而театр為第四格。本題應選 (А) выставку。

★ Вчера мы ходили на *выставку*.

我們昨天去看展覽。

35. Вчера мы были на ...

選項：(А) урок (Б) уроке (В) урока

分析：BE動詞可與移動動詞做為對比的基本句型。BE動詞были的原形動詞為быть。與移動動詞不同的是動詞之後通常接表示「靜態」的副詞或前置詞в或на＋地點第六格，例如Антон здесь. 安東在這裡；Антон был в театре вчера. 安東昨天去看劇。單詞здесь為表示「靜態」的副詞；而театре為第六格。本題應選 (Б) уроке。

★ Вчера мы были на *уроке*.

我們昨天有去上課。

36. У ... есть словарь.

選項：(А) моей подруге (Б) моя подруга (В) моей подруги

分析：這個基本句型我們已經看過多次。前置詞у＋人第二格＋есть＋名詞第一格表示「某人有某物」；若是否定則為前置詞у＋人第二格＋нет＋名詞第二格。本題應選 (В) моей подруги。再提醒一次，名詞подруга不一定要翻譯為「女性朋友」，一般譯為「朋友」即可，因為俄語的性別無論在書面或口語中都是「不言可喻」的，無需特別強調，例如Моя сестра студентка. 我的姊姊是位大學生。大學生就是大學生，譯為「女大學生」的話，只是多此一舉。

★ У *моей подруги* есть словарь.

我的朋友有一本辭典。

37. Наша экскурсия была в ...

選項：(А) субботу (Б) суббота (В) субботы

分析：若表示「在禮拜幾」的時間概念，必須用前置詞в＋星期幾第四格，切記。本題應選 (А) субботу。

★ Наша экскурсия была в *субботу*.

我們的旅遊在星期六。

38. Вечером Виктор ходил к ...

選項：(А) друга (Б) друг (В) другу

分析：移動動詞後接前置詞＋人第三格表示「去找某人」，所以答案應選 (В) другу。

★ Вечером Виктор ходил к *другу*.

維克多晚上去找朋友。

39. Это мой брат. Сейчас ... живёт в Киеве.

40. Я давно не видел ... .

41. Я часто пишу ... письма.

選項：(А) о нём (Б) ему (В) он (Г) его

分析：第39題動詞是живёт，後接前置詞в＋地點第六格，表示「靜止」的狀態。動詞是жить「住、生活」的第三人稱單數現在式變位，句子欠缺的就是第三人稱單數的主詞，應選 (В) он。第40題主詞為я，動詞為видел，欠缺受詞第四格，所以答案是 (Г) его。前面已經提過，及物動詞如為否定，則後應接受詞第二格，但在口語中，也可用第四格。第41題的關鍵是動詞писать。動詞後接人第三格，接物則用第四格，所以本題應選 (Б) ему。

★ Это мой брат. Сейчас *он* живёт в Киеве.
這是我的哥哥，現在他住基輔。

★ Я давно не видел *его*.
我好久沒看到他了。

★ Я часто пишу *ему* письма.
我常常寫信給他。

42. Это моя сестра. ... зовут Мария.
43. ... двадцать три года.
44. ... есть сын.
選項：(А) у неё (Б) ей (В) её (Г) она

分析：三題都是基本句型，請熟記。第42題訴說「人名」，人應為受詞第四格，本題應選 (В) её。第43題是問「年紀」，人應為第三格，所以答案是 (Б) ей。第44題已經解說過數題，答案應選 (А) у неё。

★ Это моя сестра. *Её* зовут Мария.

這是我的姊姊，她叫瑪麗亞。

★ *Ей* двадцать три года.

她二十三歲。

★ *У неё* есть сын.

她有一個兒子。

45. ... есть друг.

46. Завтра он придёт ...

47. Он будет показывать ... новые фотографии.

選項：(А) ко мне (Б) у меня (В) мне (Г) меня

分析：第45題可參考第36題，答案應選 (Б) у меня。第46題的關鍵是移動動詞придёт。其動詞原形為прийти，是「來到」的意思，用法與其他移動動詞相同。此處為後接前置詞к＋人第三格，所以答案是 (А) ко мне。第47題的關鍵是動詞будет показывать。動詞показывать為「展示」之意，後接人用第三格、接物用第四格。名詞новые фотографии為複數第四格，所以應選人第三格 (В) мне。

★ *У меня* есть друг.

我有一個朋友。

★ Завтра он придёт *ко мне*.

明天他要來找我。

★ Он будет показывать *мне* новые фотографии.

他將會給我看新的照片。

48. – ... ты идёшь? – В театр.

49. – ... тебя пригласил? – Виктор.

50. – ... он ещё пригласил? – Бориса.

51. – ... находится этот театр? – В центре города.

選項：(А) кто (Б) куда (В) где (Г) кого

分析：這四題是問答題，我們可以從問題以及回答解題。第48題的問題有主詞及移動動詞，而回答是前置詞＋地點第四格表達「去某處」之意，所以答案應選 (Б) куда。第49題的問題有動詞及受詞第四格，並無主詞。動詞是第三人稱單數陽性，而回答正是第三人稱陽性第一格，做為主詞，所以答案應選第一格的主詞 (А) кто。第50題問題的主詞為он，動詞為пригласил，欠缺的是受詞第四格，所以答案應為 (Г) кого。第51題的回答為前置詞в＋名詞第六格，是表示「靜止」狀態的地點，所以答案應為 (В) где。

★ – *Куда* ты идёшь? – В театр.

– 妳（你）去哪裡？ – 去劇場。

★ – *Кто* тебя пригласил? – Виктор.

– 誰邀請妳（你）的？– 維克多。

★ – *Кого* он ещё пригласил? – Бориса.

– 他還邀了誰？– 巴利斯。

★ – *Где* находится этот театр? – В центре города.

– 這個劇場在哪裡？– 在市中心。

52. – ... вы сейчас ждёте? – Виктора.

53. – ... он? – В библиотеке.

54. – ... он хочет взять? – Словарь.

55. – ... вы пойдёте потом? – На урок.

選項：(А) что (Б) куда (В) кого (Г) где

分析：這四題同樣是問答題，我們可以從問題以及回答解題。第52題的問題有主詞及及物動詞，欠缺的是受詞第四格，所以答案應選 (В) кого。第53題的問題有主詞，而回答句是前置詞в＋名詞第六格，是表示「靜止」狀態的地點，所以答案應為 (Г) где。第54題問題的主詞為он，動詞為хочет взять，欠缺的是受詞第四格，而回答句也是受詞第四格，所以答案應為 (А) что。第55題的回答為前置詞на＋名詞第四格，是表示「移動」狀態的地點，搭配問句中的動詞пойдёте，所以答案應為 (Б) куда。

★ – *Кого* вы сейчас ждёте? – Виктора.

– 你們在等誰？ – 維克多。

★ – *Где* он? – В библиотеке.

– 他在哪裡？– 在圖書館。

★ – *Что* он хочет взять? – Словарь.

– 他想借什麼？– 辭典。

★ – *Куда* вы пойдёте потом? – На урок.

– 你們之後要去哪裡？– 去上課。

56. Писатель начал ... этот роман в 2000 году.

57. Он ... его 5 лет.

58. В прошлом году он ... этот роман.

選項：(А) писал (Б) написал (В) писать (Г) написать

分析：第56題有助動詞начал，所以後應接原形動詞。根據俄語語法規則，動詞начинать / начать「開始」、продолжать / продолжить「持續」、кончать / кончить「結束」之後的原形動詞應為未完成體動詞，所以應選 (В) писать。第57題的關鍵是5 лет。詞組5 лет為第四格，在此做為動詞後之用，表示動作了「一段時間」，是一個動作的「過程」，應用未完成體，所以答案為 (А) писал。第58題有關鍵的「確切時間」в прошлом году「在去年」，在此表示一個動作的「成果」。表示「成果」應用完成體動詞，故選 (Б) написал。

★ Писатель начал *писать* этот роман в 2000 году.
作家在2000年開始寫這本小說。

★ Он *писал* его 5 лет.
他寫小說寫了五年。

★ В прошлом году он *написал* этот роман.
他在去年寫完了這本小說。

59. Мы любим ... задачи.

60. Сегодня мы весь урок ... задачи.

61. Мы ... 5 задач.

選項：(А) решали (Б) решили (В) решать (Г) решить

分析：第59題有助動詞любим，其原形動詞為любить，所以後應接原形動詞。根據俄語語法規則，動詞любить是「喜歡、愛」的意思，之後的原形動詞應接未完成體動詞，表示「反覆」的行為，所以應選 (В) решать。第60題的關鍵是весь урок。詞組весь урок為第四格，在此做為動詞後之用，表示動作了「一段時間」，是一個動作的「過程」，應用未完成體，所以答案為 (А) решали。第61題有關鍵的數詞＋名詞第二格，在此表示一個動作的「成果」。表示「成果」應用完成體動詞，故選 (Б) решили。

★ Мы любим *решать* задачи.
我們喜歡做習題。

★ Сегодня мы весь урок *решали* задачи.
今天我們整堂課都在做習題。

★ Мы *решили* 5 задач.
我們共做了五個習題。

62. Анна уже ... 2 билета в театр.
63. Ей нужно ... ещё 2 билета на концерт.
64. Завтра она ... эти билеты.
選項：(А) купить (Б) купит (В) купила (Г) покупает

分析：第62題如同第61題一樣，有確切的「成果」2 билета；另外有表示過去時間的副詞уже，所以答案應選完成體動詞的過去式 (В) купила。第63題的關鍵是нужно。單詞нужно是「必須」的意思，後通常接完成體的原形動詞，所以答案為 (А) купить。第64題的關鍵詞是表未來時態的時間副詞завтра「明天」，所以要用完成體的動詞變位來表示未來式，故選 (Б) купит。

★ Анна уже *купила* 2 билета в театр.

安娜已經買了兩張劇票。

★ Ей нужно *купить* ещё 2 билета на концерт.

她還必須買兩張音樂會的票。

★ Завтра она *купит* эти билеты.

她明天會買這些票。

65. Давид хочет ... русский язык.

66. Он хочет ... на филологическом факультете.

67. Сейчас он много ... .

68. Он ... грамматику и новые слова.

選項：(А) учиться (Б) изучать (В) занимается (Г) учит

分析：選項大多是「學習」或「念書」的意思。選項 (А) учиться 為「念書、就學」的意思，後面通常與表示時間或地點的副詞或詞組連用，例如Антон раньше учился на Тайване. 安東以前曾在台灣念過書。第66題有表示地點的詞組，所以答案就是 (А) учиться。選項 (Б) изучать是「學習」的意思，是個及物動詞，後面一定要加受詞第四格，所以適合第65題的答案。選項 (В) занимается的原形動詞是заниматься。動詞後通常有兩種用法：第一，後加名詞第五格，表示「學習」或是「從事某項活動」，例如Антон занимается русским языком. 安東鑽研俄語；Антон любит заниматься спортом. 安東喜歡運動。第二，動詞後不接名詞第五格，但可接表時間或地點的副詞或詞組，此時，動詞為「用功念書」的意思，例如Антон любит заниматься в библиотеке. 安東喜歡在圖書館念書。第67題的答案就是選項 (В) занимается。選項 (Г) учит的原形動詞為учить，為及物動詞，後接受詞第四格，為「學習」之意。本選項即為第68的答案。另外要注意，動詞учить也可當「教導」的意思，後接人用第四格、接物用第三格，例如Антон учит меня русскому языку. 安東教我俄文。

★ Давид хочет *изучать* русский язык.
大衛想學俄文。

★ Он хочет *учиться* на филологическом факультете.
他想念語言系。

★ Сейчас он много *занимается*.
他現在非常用功念書。

★ Он *учит* грамматику и новые слова.
他學語法及新的單詞。

69. Виктор каждую среду ... в бассейн.
70. Вчера он тоже ... в бассейн.
71. Завтра он ... в спортивный зал.
選項：(А) пойдёт (Б) идёт (В) ходил (Г) ходит

分析：第69題的關鍵詞組是каждую среду「每個禮拜三」。詞組為第四格，且каждую之前不用加前置詞，要特別注意。該詞組表示動作為「反覆」發生的動作，所以應用不定向動詞的現在式，要選 (Г) ходит。第70題的關鍵詞為表過去時間的副詞вчера「昨天」，所以答案也必須是過去時態的不定向動詞 (В) ходил。第71題也有時間副詞，但是是表示未來的завтра「明天」。副詞「明天」表示確切時間，應用完成體動詞表示未來式，答案應選 (А) пойдёт。

★ Виктор каждую среду *ходит* в бассейн.

維克多每個星期三去游泳。

★ Вчера он тоже *ходил* в бассейн.

昨天他也有去游泳。

★ Завтра он *пойдёт* в спортивный зал.

明天他會去健身房。

72. Мой брат учится в школе, ... находится на нашей улице.

73. Мы должны выучить все глаголы, ... мы написали на уроке.

74. Я не знаю слово, ... вы сейчас сказали.

75. Я познакомился со студентом, ... приехал из Перу.

選項：(А) который (Б) которое (В) которая (Г) которые

分析：關係代名詞который的運用。關係代名詞который用在複合句中，作為代替主句的名詞，我們只要分辨所代替名詞的性與數，再看看關係代名詞在從句中的角色，即可掌握答案。第72題關係代名詞所要代替的名詞為школа，是陰性名詞，而在從句中，關係代名詞作為主詞，為第一格，答案為 (В) которая。第73題關係代名詞所要代替的名詞為все глаголы，是複數的名詞，而在從句中，關係代名詞為受詞第四格，應選 (Г) которые。第74題關係代名詞所要代替的名詞為слово，是中性名詞，而在從句中，關係代名詞作為受詞，為第四格，答案為 (Б) которое。第75題關係代名詞所要代替的名詞為студент，是陽性名詞，而在從句中，關係代名詞作為主詞，為第一格，答案為 (А) который。

★ Мой брат учится в школе, *которая* находится на нашей улице.

我弟弟念的中學坐落在我們的街上。

★ Мы должны выучить все глаголы, *которые* мы написали на уроке.

我們應該要學會我們在課堂上寫過的所有動詞。

★ Я не знаю слово, *которое* вы сейчас сказали.

我不知道你們剛剛說的那個單詞。

★ Я познакомился со студентом, *который* приехал из Перу.

我認識了那個來自祕魯的學生。

76. Анна много занимается, ... она хорошо читает по-русски.

77. Я не буду играть в футбол, ... у меня болит нога.

選項：(А) потому что (Б) поэтому

分析：選項 (А) потому что是出現在表示「因果」關係複合句中的連接詞，前句為結果，後句為原因。選項 (Б) поэтому作用相同，但是為副詞。副詞前句為原因，後句為結果。我們只要掌握句子的意思，就能解題。第76題的前句是原因，後句是結果，所以要選 (Б) поэтому。第77題的主從句因果關係位置交換，前者為結果，後者為原因，所以應選 (А) потому что。

★ Анна много занимается, *поэтому* она хорошо читает по-русски.

安娜很用功，所以她用俄文閱讀得不錯。

★ Я не буду играть в футбол, *потому что* у меня болит нога.

我不要踢足球了，因為我腳痛。

78. Я спросил друга, ... он ходил вчера.

79. Он ответил, ... был вчера у врача.

80. Антон поступил в институт, ... стать инженером.

選項：(А) где (Б) куда (В) что (Г) чтобы

分析：第78題有關鍵詞ходил。動詞ходить是移動動詞，需搭配表示「動態」的副詞或是前置詞＋地點第四格。在此答案 (Б) куда作為連結複合句的關係副詞。第79題的後句句意完整，所以欠缺連結複合句的只是連接詞，答案為 (В) что。第80題的答案為 (Г) чтобы，作為連接詞使用。該詞之前與之後的主詞如果相同，則後面的動詞用原形動詞；若主詞不同，則後面的動詞用過去式。

★ Я спросил друга, *куда* он ходил вчера.
我問朋友昨天去了哪裡。

★ Он ответил, *что* был вчера у врача.
他回答說他昨天去看醫生。

★ Антон поступил в институт, *чтобы* стать инженером.
安東考上科大是為了要成為一位工程師。

測驗五：詞彙與語法

請選擇一個正確的答案。

1. Моего брата зовут ...
2. Зимой ... будет 20 лет.
3. Я старше ... на 5 лет.
4. Я всегда помогаю ...

選項：(А) Антону (Б) Антон (В) Антона

分析：第1題是固定句型。表示人名的句子中，動詞звать用第三人稱複數，受詞則是用第四格，而名字用第一格，例如Меня зовут Маша. 我叫瑪莎。人稱代名詞меня是я的第四格，為受詞，而名字Маша為第一格。本題應選 (Б) Антон。第2題也是解說過的句型，是表示「年紀」的無人稱句。句中「主體」用第三格，因為是無人稱句，所以不是「主詞」，而是「主體」，答案選第三格的 (А) Антону。第3題的關鍵是形容詞的比較級。形容詞比較級之後若直接加名詞，則名詞用第二格；若是用其他句型，如比較級＋чем，則後應接第一格，試比較：Антон старше меня на 2 года. 安東比我大兩歲；Антон старше, чем я. 安東年紀比我大。請注意，如要補充說明比較級之後年紀的差異，請在數字之前加前置詞на。本題應選 (В) Антона。第4題的關鍵詞是動詞помогать「幫助」。該動詞之後加人用第三格，而後可接前置詞＋第六格表示「在某個方面」幫助某人。本題答案為 (А) Антону。

★ Моего брата зовут *Антон*.

我的哥哥名叫安東。

★ Зимой *Антону* будет 20 лет.

安東在冬天的時候就要20歲了。

★ Я старше *Антона* на 5 лет.

我大安東5歲。

★ Я всегда помогаю *Антону*.

我總是幫助安東。

5. Сегодня мне позвонила ...
6. Я познакомилась ... в институте.
7. ... есть брат.
8. Брат ... уже работает.

選項：(А) Анны (Б) Анна (В) с Анной (Г) у Анны

分析：第5題有時間副詞сегодня「今天」，有人稱代名詞мне第三格，做為動詞позвонила的間接受詞。動詞позвонила為第三人稱陰性單數過去式時態，所以答案必須選一個陰性的第一格主詞，應選 (Б) Анна。第6題的關鍵詞是動詞познакомилась。動詞為完成體動詞的陰性過去式時態，原形動詞為познакомиться，後通常接前置詞с＋名詞第五格，表示「與某人或某物熟悉、結識」之意。本題應選 (В) с Анной。第7題已經解析過數題，答案應選 (Г) у Анны。第8題主詞為брат，動詞為работает。主詞之後若還有名詞，則用第二格做為修飾主詞之用，為「從屬關係」，答案為 (А) Анны。

★ Сегодня мне позвонила *Анна*.

今天安娜打了電話給我。

★ Я познакомилась *с Анной* в институте.

我跟安娜是在大學認識的。

★ *У Анны* есть брат.

安娜有個哥哥。

★ Брат *Анны* уже работает.

安娜的哥哥已經在工作了。

9. Мой друг уехал из Петербурга ...
10. Сейчас он работает ...
11. Ему очень нравится ...
12. Он уже хорошо знает ...
13. Недавно я получил от него письмо ...

選項：(А) Одесса (Б) в Одессе (В) из Одессы (Г) в Одессу (Д) Одессу

分析：第9題的關鍵詞是移動動詞уехать「離開」。動詞之後通常接前置詞＋地點第四格，因為是表示「移動」的狀態，所以應用第四格，意思是「離開到某地」。如果要強調從哪個地方離開，則動詞後可接前置詞＋地點第二格，就如同題目一般，所以應選前置詞в＋第四格 (Г) в Одессу。第10題的動詞是表示在某地「工作」，所以是個「靜止」的狀態，應用相關副詞或是前置詞＋地點第六格。本題應選 (Б) в Одессе。第11題是有動詞нравиться的固定句型。表示「主動」喜歡某人或某物的是「主體」，並非「主詞」，應用第三格；而「被喜歡」的人或物才是主詞，用第一格。本題應選主詞第一格，答案是 (А) Одесса。第12題動詞знает之後用受詞第四格，應選 (Д) Одессу。第13題動詞是получить「收到、得到」。動詞之後用受詞第四格，若是要強調「從某人得到」或是「從某地收到」，則應用前置詞 от＋人第二格，或是前置詞＋地點第二格。本題應選 (В) из Одессы。

★ Мой друг уехал из Петербурга *в Одессу*.

我的朋友離開了彼得堡前往奧德賽。

★ Сейчас он работает *в Одессе*.

現在他在奧德賽工作。

★ Ему очень нравится *Одесса*.

他非常喜歡奧德賽。

★ Он уже хорошо знает *Одессу*.

他對奧德賽已經很熟。

★ Недавно я получил от него письмо *из Одессы*.

最近我收到他從奧德賽寄來的信。

14. Отец Игоря - ...
15. Игорь тоже хочет стать ...
16. ... нужно многое знать и уметь.
17. Профессия ... трудная, но интересная.
18. ... всегда интересно разговаривать.

選項：(А) журналисту (Б) журналиста (В) журналист (Г) журналистом (Д) с журналистом

分析：第14題有關鍵的「破折號」。破折號之前為單數陽性主詞第一格отец，所以破折號之後也應該為第一格的名詞，所以答案是 (В) журналист。第15題的關鍵詞是原形動詞стать「成為」。動詞為完成體動詞，其未完成體動詞為становиться。動詞之後通常接名詞第五格，所以答案是 (Г) журналистом。第16題為нужно的無人稱句型。無人稱句中「主體」非「主詞」，需用第三格，所以答案為 (А) журналисту。第17題主詞是профессия，主詞之後接名詞需用第二格，作為修飾主詞之用，為「從屬關係」，故選答案 (Б) журналиста。第18題的關鍵詞是動詞разговаривать。動詞後通常接前置詞с＋人用第五格，表示「與人交談」，所以答案應選 (Д) с журналистом。

★ Отец Игоря - *журналист*.
伊格爾的父親是位記者。

★ Игорь тоже хочет стать *журналистом*.
伊格爾也想成為記者。

★ *Журналисту* нужно многое знать и уметь.
記者需要懂得很多，也要會十八般武藝。

★ Профессия *журналиста* трудная, но интересная.
記者這職業是困難的，但是是有趣的。

★ *С журналистом* всегда интересно разговаривать.
跟記者聊天總是有趣。

19. Вчера я был в музее ...
20. ... очень понравилась выставка.
21. Сейчас ... есть свободное время.
22. Сегодня я опять пригласил ... на выставку.
23. Я люблю ходить на выставки ...
選項：(А) сестру (Б) сестра (В) с сестрой (Г) сестре (Д) у сестры

分析：第19題有主詞，有動詞，也有表示「靜止」狀態的地點，所以根據句意應該選擇 (В) с сестрой。第20題有關鍵的動詞понравилась。主詞是「被喜歡」的выставка，而「主動去喜歡」的並非主詞，而是「主體」。根據語法規定，主體需用第三格，所以答案為 (Г) сестре。第21題應該已經做過數百次了，答案選 (Д) у сестры。請記住，單詞есть是「有」，是肯定的，之後用第一格。第22題的解題關鍵是動詞。動詞пригласить為及物動詞，後接人用第四格，之後常用前置詞＋地點第四格，表示「邀請某人去某處」。本題應選 (A) сестру。第23題有主詞я，有動詞люблю ходить，後接前置詞＋地點第四格，以搭配移動動詞ходить。句意完整，所以應該選 (B) с сестрой。

★ Вчера я был в музее *с сестрой*.
昨天我跟姊姊去看展覽。

★ *Сестре* очень понравилась выставка.
姊姊非常喜歡展覽。

★ Сейчас *у сестры* есть свободное время.
現在姊姊有空。

★ Сегодня я опять пригласил *сестру* на выставку.
今天我又邀請姊姊去看展覽。

★ Я люблю ходить на выставки *с сестрой*.
我喜歡跟姊姊去看展覽。

24. В новой школе работает много ...
25. Я написал письмо ...
26. В третьем классе работает 4 ...
27. В пятом классе работает 10 ...
選項：(А) учителя (Б) учителю (В) учителей

分析：第24題考不定量數詞много的用法。數詞много後接名詞的話，可數名詞用複數第二格，而不可數名詞用單數第二格。本題應選 (В) учителей。第25題的關鍵是動詞написать。動詞後接人用第三格，接物用第四格，所以答案應選 (Б) учителю。第26題與第27題是考數詞後名詞的用法。數詞1用單數第一格，例如один студент；數詞2至4用單數第二格，例如3 студента；數詞5及5以上則用複數第二格，例如

30 студентов。數詞11至19用複數第二格，其餘數詞個位數為1至5者，則按上方說明使用單數或複數的格。第26題的數詞為4，所以應用單數第二格，答案為 (A) учителя。第27題的數詞為10，所以應用複數第二格，答案為 (B) учителей。

★ В новой школе работает много *учителей*.
有很多老師在新的學校任教。

★ Я написал письмо *учителю*.
我寫了一封信給老師。

★ В третьем классе работает 4 *учителя*.
有4位老師任教於三年級。

★ В пятом классе работает 10 *учителей*.
在五年級有10位老師任教。

28. Вчера Нина позвонила ... .

29. Она любит разговаривать ... .

30. Она давно не видела ... .

31. Скоро она поедет ... в гости.

選項：(A) подруга (Б) подруге (В) подругу (Г) к подруге (Д) с подругой

分析：第28題動詞позвонила是完成體動詞，未完成體動詞為звонить。動詞為不及物動詞，通常後接人用第三格，接地點則用前置詞＋地點第四格，例如Антон позвонил маме в компанию. 安東打電話到公司給媽媽。第29題動詞разговаривать也看過多次了。動詞後通常接前置詞с＋名詞第五格，所以答案為 (Д) с подругой。第30題動詞видеть為及物動詞，後接受詞第四格，所以答案為 (В) подругу。第31題動詞поедет的原形動詞為поехать，是移動動詞。移動動詞後如果接人，則需用前置詞к＋人第三格，表示「去找某人」，所以應選 (Г) к подруге。

★ Вчера Нина позвонила *подруге*.

昨天妮娜打了電話給朋友。

★ Она любит разговаривать *с подругой*.

她喜歡跟朋友聊天。

★ Она давно не видела *подругу*.

她很久沒看到朋友了。

★ Скоро она поедет *к подруге* в гости.

她很快就要去找朋友作客。

32. Моя подруга работает ...

33. Она сама выбрала профессию ...

34. Ей нравится профессия ...

35. ... нужно прекрасно знать язык.

選項：(А) переводчице (Б) переводчица (В) переводчицы (Г) переводчицей

分析：第32題動詞работать後面如果接「職業」，則職業這個名詞需用第五格，本題應選 (Г) переводчицей。第33題主詞為она，動詞是выбрала，動詞後接受詞第四格，所以профессия變為第四格профессию。名詞профессию後接名詞第二格表示「從屬關係」，用來修飾профессию。本題應選 (В) переводчицы。第34題的語法意義與第33題接近，只是名詞профессия在此為主詞，後還是接名詞第二格，所以答案還是(В) переводчицы。第35題與稍前的第16題句型一樣，都是有нужно，所以「主體」用第三格，應選 (А) переводчице。

★ Моя подруга работает *переводчицей*.

我的朋友是位譯者。

★ Она сама выбрала профессию *переводчицы*.

她自己選擇譯者的職業。

★ Ей нравится профессия *переводчицы*.

她喜歡譯者這職業。

★ *Переводчице* нужно прекрасно знать язык.

譯者需要精通語言。

36. Вчера студенты ходили на ...

選項：(А) экскурсии (Б) экскурсию (В) экскурсия

分析：本題的主詞是студенты，動詞是ходили。動詞ходить是移動動詞，後通常接表示「動態」的地方副詞或是前置詞＋地點第四格，所以本題答案為 (Б) экскурсию。如果沒有第四格這個選項，那麼我們可以選 (А) экскурсии，將選項當作複數的第四格使用。

★ Вчера студенты ходили на *экскурсию*.

昨天學生去校外教學。

37. Собрание было в ...

選項：(А) среда (Б) среде (В) среду

分析：表達「在星期幾」的方式為前置詞в＋星期幾的第四格。本題應選 (В) среду。

★ Собрание было в *среду*.

會議曾在星期三召開。

38. Ещё в школе Антон хотел поступить ... .

39. Недавно он окончил ... .

40. После окончания ... он начал работать в школе.

選項：(А) педагогического института (Б) педагогическом институте

(В) педагогический институт (Г) в педагогический институт

分析：第38題的解題關鍵在動詞。動詞поступить的意思是「進入、考進」，之後接前置詞＋地點第四格，可視為是一種「移動」的狀態。本題應選 (Г) в педагогический институт。第39題的動詞окончил的原形是окончить，是及物動詞，意思是「結束」。及物動詞後接受詞第四格，所以答案選 (В) педагогический институт。第40題的主詞是он，動詞начал работать，後接表「靜態」地點的前置詞＋名詞第六格。另外，有前置詞после＋名詞第二格表示「時間」的詞組，而後再加詞組第二格，做為修飾окончания的「從屬關係」，所以答案是 (А) педагогического института。

★ Ещё в школе Антон хотел поступить *в педагогический институт*.

還在念中學的時候安東就想考師範學院。

★ Недавно он окончил *педагогический институт*.

不久之前他從師範學院畢業了。

★ После окончания *педагогического института* он начал работать в школе.

師範學院畢業之後他開始在學校工作。

41. В школе брату нравилось изучать ...

42. Он ежедневно занимался ...

43. Недавно он сдал экзамен ...

選項：(А) по английскому языку (Б) английским языком (В) английский язык (Г) английского языка

分析：第41題的解題關鍵在動詞。動詞изучать的意思是「學習」，是及物動詞，之後接受詞第四格，所以本題應選 (В) английский язык。第42題的動詞занимался的原形是заниматься，可做「從事某種活動」解釋，但確切的意思還是得看上下文決定。動詞後通常接名詞第五格，所以答案選 (Б) английским языком。第43題的關鍵是名詞экзамен「考試」。通常我們認為名詞後接名詞第二格是「從屬關係」，但是如需修飾名詞экзамен，我們要記住，並不是用第二格，而是用前置詞по＋名詞第三格，答案選 (А) по английскому языку。

★ В школе брату нравилось изучать *английский язык*.

在念中學的時候弟弟喜歡學英文。

★ Он ежедневно занимался *английским языком*.

他每天勤讀英文。

★ Недавно он сдал экзамен *по английскому языку*.

不久前他通過了英文考試。

44. В прошлом году мы учились вместе ...

45. Теперь я редко вижу ...

46. Вчера я позвонила ...

47. Я пригласила ... в гости.

選項：(А) к моей лучшей подруге (Б) с моей лучшей подругой (В) мою лучшую подругу (Г) моей лучшей подруге

分析：第44題主詞是мы，動詞是учились，還有表示「時間」的詞組，句意完整。選項是物主代名詞＋名詞的詞組，依據句意應選 (Б) с моей лучшей подругой。請注意，此處的主詞мы應譯為「我」，而非「我們」。第45題動詞видеть為及物動詞，之後接受詞第四格，答案應選 (В) мою лучшую подругу。第46題動詞позвонить「打電話」後接人應用第三格，不用前置詞。本題答案是 (Г) моей лучшей подруге。第47題動詞пригласить「邀請」為及物動詞，後接人應用第四格。動詞後通常還會再接前置詞＋地點第四格，是個「動態」的意義，表示「邀請人去某處」。本題應選 (В) мою лучшую подругу。本題的гости為複數形式，是固定用法。

★ В прошлом году мы учились вместе *с моей лучшей подругой*.
我跟我最好的朋友在去年一起上學。

★ Теперь я редко вижу *мою лучшую подругу*.
現在我很少看到我最好的朋友。

★ Вчера я позвонила *моей лучшей подруге*.
昨天我打了電話給我最好的朋友。

★ Я пригласила *мою лучшую подругу* в гости.
我邀請我最好的朋友來作客。

48. ... – иностранный студент.

49. ... трудно слушать лекции на русском языке.

50. Я часто занимаюсь ...

選項：(А) с моим новым другом (Б) мой новый друг (В) моему новому другу (Г) моего нового друга

分析：第48題有我們最愛的「破折號」。破折號前後是同謂語。後為形容詞＋名詞第一格，所以前面也應為名詞第一格，答案選 (Б) мой новый друг。第49題是有副詞трудно「困難」的「無人稱句」。該句型中的「主體」應用第三格，並非第一格的「主詞」。本題應選 (В) моему новому другу。第50題的關鍵是動詞заниматься。該動詞後用第五格，表示「從事某活動」；若無第五格，則通常當「用功念書」解釋，所以答案為 (А) с моим новым другом。

★ *Мой новый друг* – иностранный студент.
我的新朋友是個外國學生。

★ *Моему новому другу* трудно слушать лекции на русском языке.
我的新朋友用俄文聽課很吃力。

★ Я часто занимаюсь *с моим новым другом*.
我常常跟我的新朋友一起念書。

51. Лена учится в университете. ... будущий историк.

52. Я познакомилась ... в библиотеке.

53. Я часто встречаю ... там.

54. Мне нравится встречаться ...

選項：(А) её (Б) она (В) с ней

分析：第51題看到形容詞＋名詞第一格，但不見動詞，是因為動詞是現在式的BE動詞，所以要省略。題目中缺乏主詞，所以答案為第一格的人稱代名詞 (Б) она。第52題的關鍵動詞познакомиться我們也看過很多次了。動詞後通常接前置詞c＋名詞第五格，所以答案是 (В) с ней。第53題與第54題的動詞相似。動詞встречать為及物動詞，後接受詞第四格，通常譯為「遇見、碰到」，用在「不是約好的」見面的句意中。而動詞встречаться，後通常接前置詞c＋名詞第五格，如果名詞是人，意思就是「約好的」見面。所以第53題的答案是 (А) её，而第54題應該選 (В) с ней。

★ Лена учится в университете. *Она* будущий историк.
蓮娜在大學唸書，她是未來的歷史家。

★ Я познакомилась *с ней* в библиотеке.
我跟她是在圖書館認識的。

★ Я часто встречаю *её* там.
我常常在那裏遇見她。

★ Мне нравится встречаться *с ней*.
我喜歡跟她約會。

55. – ... вы хорошо знаете на факультете? – Ивана Петровича.

56. – ... он преподаёт? – Историю.

57. – ... он рассказывал на последней лекции? – О реформах Петра Первого.

58. – ... вы будете делать в субботу? – Пойдём на экскурсию.

選項：(А) о ком (Б) о чём (В) кого (Г) что

分析：這四題是問答題，我們可以從問題以及回答解題。第55題的問題有主詞、動詞，也有表示「靜止」狀態的地點。動詞是及物動詞，但是並無受詞第四格，所以答案應選受詞。依據回答我們知道講的是人，所以應選 (В) кого。第56題也是有主詞、動詞，並無受詞。而動詞преподавать「教導」是及物動詞，後應接受詞第四格。回答的名詞第四格也確認了這一點，所以本題答案是 (Г) что。第57題重點是動詞рассказывать。該動詞後通常接前置詞о＋名詞第六格。回答句中的複數名詞реформы，該名詞是「改革」的意思，為非生命的名詞，答案應選 (Б) о чём。第58題是一般的疑問句，答案 (Г) что做為疑問代名詞。

★ – *Кого* вы хорошо знаете на факультете? – Ивана Петровича.

–你們在系上對誰比較熟？ – 伊凡彼得維奇。

★ – *Что* он преподаёт? – Историю.

– 他教什麼？– 歷史。

★ – *О чём* он рассказывал на последней лекции? – О реформах Петра Первого.

– 他在上一堂課講述什麼？– 彼得大帝的改革。

★ – *Что* вы будете делать в субботу? – Пойдём на экскурсию.

– 你們禮拜六要做什麼？ – 一起去郊遊吧。

59. – ... это фотография? – Моей сестры.

60. – ... она учится? – В университете.

61. – ... она изучает? – Английский язык.

62. – ... она хочет стать? – Переводчицей.

選項：(А) где (Б) кем (В) чья (Г) что

分析：從選項著手吧。選項 (A) где是疑問詞，意思是「哪裡」，是表示「靜態」的地點。回答該疑問詞應用表示「靜態」地點的副詞或是前置詞＋名詞第六格，第60題符合本選項。選項 (Б) кем是疑問代名詞кто的第五格，可用在第62題的動詞стать之後。選項 (В) чья是疑問代名詞，是「誰的」的意思。該詞是單數、陰性，所以句中需搭配陰性的名詞，是第59題的答案。選項 (Г) что是疑問代名詞的第一格或第四格，需與無生命的名詞搭配。當主詞為第一格，當受詞時則為第四格。此為第四格，當作第61題動詞的受詞。

★ – *Чья* это фотография? – Моей сестры.

– 這是誰的照片？ – 我姊姊的。

★ – *Где* она учится? – В университете.

– 她在哪念書？– 在大學。

★ – *Что* она изучает? – Английский язык.

– 她學甚麼？– 英文。

★ – *Кем* она хочет стать? – Переводчицей.

– 她以後想從事甚麼工作？ – 翻譯。

63. Мой друг ... неделю назад.

64. Он часто ... .

選項：(А) болеть (Б) болеет (В) заболеть (Г) заболел

分析：動詞「生病」的未完成體是болеть，完成體動詞是заболеть。第63題有詞組неделю назад「一個星期前」，為過去式，所以答案應用完成體動詞 (Г) заболел。因為是表示時間，所以名詞неделю用第四格。另外請注意，不管現在有沒有病，在過去的某個時間，如本題「一個星期前」，那就表示是在一個星期前的某個時間點生病的，就要用完成體動詞。第64題有頻率副詞часто「常常」，所以要用未完成體動詞，答案為 (Б) болеет。

★ Мой друг *заболел* неделю назад.
我的朋友一個星期前生病了。

★ Он часто болеет.
他常常生病。

65. Урок ... 10 минут назад.
66. Студент ещё не ... писать контрольную работу.
67. Когда он ... работу, он отдал тетрадь преподавателю.
選項：(А) кончил (Б) кончал (В) кончился (Г) кончался

分析：動詞кончать / кончить是一對未完成體與完成體動詞，意思是「結束」。動詞為及物動詞，後接受詞第四格或是原形動詞。請注意，若接原形動詞，一定只能接未完成體動詞。動詞кончаться / кончиться是另一對有-ся的未完成體與完成體動詞，意思當然還是「結束」。但是動詞後不加受詞，有「反身」之意。第65題主詞是урок，後有表過去時間的詞組，所以用完成體動詞，選 (В) кончился。第66題有未完成體的原形動詞писать，依照句意應選完成體的動詞 (А) кончил。第67題後有受詞第四格работу，而後句有完成體動詞過去式отдал「歸還」，所以應該是兩個完成體動詞依照先後次序完成動作，先「結束」、再「歸還」，本題應選 (А) кончил。

★ Урок *кончился* 10 минут назад.
課在十分鐘前結束了。

★ Студент ещё не *кончил* писать контрольную работу.
學生還沒寫完小考。

★ Когда он *кончил* работу, он отдал тетрадь преподавателю.

當他做完了作業，他就把筆記本還給了老師。

68. Я часто ... книги в библиотеке.

69. Вчера я ... там большой словарь.

70. Завтра мне нужно ... в библиотеке учебник.

選項：(А) взять (Б) взял (В) беру (Г) брать

分析：之前已看過完成體動詞взять，其未完成體動詞為брать，意思是「取、拿」，但是動詞的真正意思需要看上下文決定，例如：在圖書館「借」書；在商店「買」果汁等等。第68題有頻率副詞часто，所以要用未完成體動詞，答案為 (В) беру。第69題有時間副詞вчера「昨天」。如果句中沒有強調「反覆」的動作，則應用完成體動詞，表示「做了」就是「做了」，表「一次性」，答案為 (Б) взял。第70題有нужно「必須」，另有時間副詞завтра「明天」，表示即將要做的事情，也是「一次性」動作，所以要用完成體原形動詞 (А) взять。

★ Я часто *беру* книги в библиотеке.

我常常在圖書館借書。

★ Вчера я *взял* там большой словарь.

我昨天在那裏借了一本辭典。

★ Завтра мне нужно *взять* в библиотеке учебник.

明天我必須要在圖書館借一本課本。

71. Сестра всегда ... летом к родителям.

72. Раньше брат тоже часто ... на каникулы домой.

73. В прошлом году он ... только в конце августа.

74. Он написал нам, что в этом году он обязательно ...

選項：(А) приезжал (Б) приедет (В) приехал (Г) приезжает

分析：動詞приезжать與приехать是一對未完成與完成體動詞，同時，未完成體動詞為不定向動詞，而完成體動詞為定向動詞。第71題有頻率副詞всегда，而且沒有過去時態的背景，所以要用未完成體動詞的現在式，答案為 (Г) приезжает。第72題也有頻率副詞часто，但是背景為過去時態раньше，所以要用過去式的未完成體動詞，答案為 (А) приезжал。第73題有確切的過去時態詞組в прошлом году「在去年」，而且沒有頻率副詞，表示「定向」，所以要選 (В) приехал。第74題也類似，但是時態為未來式в этом году，也是「定向」，答案為 (Б) приедет。

★ Сестра всегда *приезжает* летом к родителям.
姊姊總是在夏天來看父母親。

★ Раньше брат тоже часто *приезжал* на каникулы домой.
以前哥哥也常常返家度假。

★ В прошлом году он *приехал* только в конце августа.
去年他八月底才回來。

★ Он написал нам, что в этом году он обязательно *приедет*.
他寫信給我們說他今年一定會回來。

75. Когда я ... в университет, я сдавал 3 экзамена.

76. Я хорошо сдал экзамены и ... в университет.

77. Сейчас мой брат сдаёт экзамены, потому что он ... в военное училище.

78. Я думаю, что он обязательно ... туда.

選項：(А) поступил (Б) поступит (В) поступал (Г) поступает

分析：動詞поступать是未完成體動詞，其完成體動詞為поступить，意思是「進入、考進」。另外，此處還有一組動詞сдавать / сдать，為及物動詞，後接名詞第四格，在此接名詞экзамен，就當「考試」解釋；但是要注意，未完成體動詞是「參加考試」的意思，而完成體要解釋為「通過考試」。第75題看到後句有未完成體過去式動詞сдавал，所以前句的動詞也應選未完成體動詞的過去式，表示「一個未完成體動詞的動作是另一個未完體動詞動作的背景」。本題答案為 (В) поступал。第76題有完成體動詞需要的元素，那就是хорошо，表示「結果」。另外，動詞сдал為完成體，也是表示「結果」，所以答案應該要選完成體動詞來表示「兩個完成體動詞按照先後次序完成動作」，就是 (А) поступил。第77題有時間副詞сейчас「現在」及未完成體動詞的現在式，所以答案也是現在式 (Г) поступает。第78題的副詞обязательно「一定」扮演了關鍵角色，表示未來一定，答案選完成體表未來式的變位 (Б) поступит。

★ Когда я *поступал* в университет, я сдавал 3 экзамена.
我考大學的時候要考三個考試。

★ Я хорошо сдал экзамены и *поступил* в университет.
我考得不錯，所以就考取了大學。

★ Сейчас мой брат сдаёт экзамены, потому что он *поступает* в военное училище.
我的弟弟現在正在考軍校入學考試。

★ Я думаю, что он обязательно *поступит* туда.

我認為他一定會考取那裏的。

79. В прошлом году я часто ... с подругой.

80. В этом году я редко ... её.

81. Я хотела бы чаще ... с ней.

選項：(А) встречаться (Б) встречалась (В) встречать (Г) встречаю

分析：動詞встречать / встретить為及物動詞，後接受詞第四格，通常譯為「遇見、碰到」，用在「沒有約好而碰見」的句意中。而動詞встречаться / встретиться，後通常接前置詞с＋名詞第五格，如果名詞是人，意思就是「約好的」見面。第79題與第81題都是有前置詞с＋人第五格，所以要選帶有-ся的動詞。第79題有表達過去時態的詞組в прошлом году以及頻率副詞часто，所以答案要用未完成體動詞的過去式，應選 (Б) встречалась。第81題已經有助動詞хотела бы，後應接原形動詞，而чаще「更常」告訴我們應該要選未完成體動詞 (А) встречаться。第80題有受詞第四格，而時態是「今年」，可以為現在式 (Г) встречаю。

★ В прошлом году я часто *встречалась* с подругой.

去年我常常跟朋友見面。

★ В этом году я редко *встречаю* её.

今年我很少碰到她。

★ Я хотела бы чаще *встречаться* с ней.

我想更常與她見面。

82. Я давно хотел ... с этим человеком.

83. Я просил друзей, чтобы они ... меня с ним.

84. Друзья обещали ... нас.

選項：(А) познакомить (Б) познакомиться (В) познакомились (Г) познакомили

分析：動詞знакомить / познакомить為及物動詞，後接受詞第四格，之後還可再接前置詞с＋名詞第五格，意思是「將第四格的受詞介紹與第五格的名詞認識」。而動詞знакомитьться / познакомиться，後通常接前置詞с＋名詞第五格，如果名詞是人，意思就是「與某人認識」。第82題有前置詞с＋人第五格，但無受詞第四格，所以要選帶有-ся的動詞。本題有助動詞хотел，所以應選原形動詞 (Б) познакомиться。第83題有受詞第四格меня，而чтобы之後的主詞與чтобы之前的主詞不同，所以要用動詞的過去式，應選 (Г) познакомили。第84題有助動詞обещать，所以後接原形動詞。句尾有受詞第四格нас，而非前置詞＋名詞第五格，所以應選 (А) познакомить。值得補充動詞обещать的用法。動詞後接人用第三格，後再接原形動詞，表示「承諾某人做某事」。

★ Я давно хотел *познакомиться* с этим человеком.
我好久就想跟這個人認識了。

★ Я просил друзей, чтобы они *познакомили* меня с ним.
我請朋友把我介紹給他認識。

★ Друзья обещали *познакомить* нас.
朋友承諾介紹我們認識。

85. Сейчас я редко ... друга.
86. Последний раз я ... его месяц назад.
87. Когда я ... друга, я очень обрадовался.
選項：(А) видел (Б) вижу (В) увижу (Г) увидел

分析：動詞видеть / увидеть為及物動詞，後接受詞第四格，意思是「看見、看到」。第85題有時間副詞сейчас「現在」與頻率副詞редко「稀少」，所以動詞應用未完成體的現在式，所以應選 (Б) вижу。第86題的關鍵也是與時間相關的詞組месяц назад「一個月前」，所以動詞應選過去式。句首的詞組последний раз「最後一次」暗示我們動詞不僅應選過去式，而且還要用完成體動詞，因為這是「一次性」的動作，而非「反覆」的動作，所以答案是 (Г) увидел。第87題的句子指的是兩個未完成體動詞的動作「同時發生」，表達其中一個動詞是另外一個動詞的「背景」，這個觀念已經在本單元題目中說明，答案應選 (А) видел。

★ Сейчас я редко *вижу* друга.
現在我很少看到朋友。

★ Последний раз я *увидел* его месяц назад.
我在一個月前最後一次看到他。

★ Когда я *видел* друга, я очень обрадовался.
當我看到他，我非常高興。

88. В прошлом году мой друг ...
89. Я тоже хочу ...
90. Я буду работать в поликлинике, когда я ...
選項：(А) стать врачом (Б) стану врачом (В) стал врачом

分析：第88題有表示時間的詞組в прошлом году「在去年」，所以動詞需用過去式 (В) стал врачом。第89題的關鍵是助動詞хочу，所以後應接原形動詞 (А) стать врачом。第90題複合句的前句是表未來式的時態буду работать，依據句意，後句也應為未來式，所以應選完成體動詞的第一人稱單數變位 (Б) стану врачом。

★ В прошлом году мой друг *стал врачом*.
我的朋友去年成為一位醫生。

★ Я тоже хочу *стать врачом*.
我也想成為一位醫生。

★ Я буду работать в поликлинике, когда я *стану врачом*.
當我成為一位醫生之後，我將在綜合診所工作。

91. Анна ... на восточном факультете.
92. Она ... турецкий язык.
93. Каждый день она ... новые слова.
94. Она часто ... в лингафонном кабинете.
選項：(А) изучает (Б) учится (В) занимается (Г) учит

分析：選項 (А) изучает的原形動詞是изучать，為及物動詞，後接受詞第四格，意思是「學習」，而這學習的受詞通常指的是「學科」，也就是需要深入、有系統地學習。第92題的詞組турецкий язык即是受詞第四格，是「土耳其文」的意思，是學科，答案就應選 (А) изучает。選項 (Б) учит的原形動詞是учить，也是及物動詞，意思也是「學習」，但不同的是，動詞後接的受詞第四格通常不是「學科」，而是較為基礎知識的學習，例如第93題的受詞第四格новые слова「新的單詞」，就是符合本動詞後接之受詞。選項 (Б) учится

的原形動詞為учиться，意思是「學習、念書」。動詞後通常不接受詞，而另有表示「時間」或「地方」的副詞或詞組，表示「在何時念書」或是「在何地念書」。第91題有表示「地方」的前置詞＋名詞第六格на факультете，所以答案就應選 (Б) учится。選項 (В) занимается的原形動詞是заниматься，後通常接第五格，表示「從事第五格的活動」，例如заниматься спортом意思就是「運動」。如果後面不接名詞第五格，而接表示可供學習的「地點」副詞或詞組，通常表示「用功念書」的意思，而第94題則正是符合這個意涵。

★ Анна *учится* на восточном факультете.
安娜在東方系就讀。

★ Она *изучает* турецкий язык.
她學土耳其文。

★ Каждый день она *учит* новые слова.
她每天學習新的單詞。

★ Она часто *занимается* в лингафонном кабинете.
她常常在視聽教室念書。

95. Саша и Игорь ... в девятом классе.
96. Ученики девятого класса ... информатику.
97. Друзья часто ... в компьютерном классе.
98. Они всегда ... уроки вместе.
選項：(А) учат (Б) учатся (В) изучают (Г) занимаются

分析：這四題的解題方式與前四題完全一樣。第95題的詞組в девятом классе為表示「地點」的詞組，所以答案應選(Б) учатся。第96有受詞第四格информатику，第一格為информатика，意思是「信息學」，是「學科」，所以答案

應選 (В) изучают。第97題有表「地點」的前置詞＋名詞第六格в компьютерном классе，是一個可供「用功念書」的地點，答案應選 (Г) занимаются。第98題的關鍵詞是名詞第四格уроки，在此意思是「功課」，所以答案為 (А) учат。

★ Саша и Игорь *учатся* в девятом классе.
薩莎與伊格爾讀九年級。

★ Ученики девятого класса *изучают* информатику.
九年級的學生正在學信息學。

★ Друзья часто *занимаются* в компьютерном классе.
朋友們常常在電腦教室念書。

★ Они всегда *учат* уроки вместе.
他們總是一起學習功課。

99. Когда он переведёт текст, ...
選項：(А) он даёт мне словарь (Б) он даст мне словарь (В) он дал мне словарь

分析：本題純粹是時態問題。動詞переведёт的原形動詞是перевести，在此作為「翻譯」的意思，為完成體動詞，而未完成體動詞為переводить。完成體動詞變位即是未來式，所以後句也用未來式動詞才能符合「兩個完成體動詞按照先後次序完成動作」的意涵。動詞давать是未完成體動詞，完成體動詞為дать。選項中的動詞只有 (А) даёт是未完成體動詞，(Б) даст與 (В) дал都是完成體動詞。依照句意，應用未來式，所以答案是 (Б) он даст мне словарь。

★ Когда он переведёт текст, *он даст мне словарь*.
當他把課文翻譯好之後，他會把辭典借我。

100. Если друг пришлёт телеграмму, ...

選項：(А) я встречаю его на вокзале (Б) я встретил его на вокзале

(В) я встречу его на вокзале

分析：本題與上題都是考未來式的時態問題。動詞пришлёт的原形動詞是прислать，在此作為「寄來」的意思，為完成體動詞，而未完成體動詞為присылать。動詞встречать是未完成體動詞，完成體動詞為встретить。複合句中的前句為未來式，所以後句在此也應用未來式，以符合句意，答案是 (В) я встречу его на вокзале。

★ Если друг пришлёт телеграмму, *я встречу его на вокзале.*

如果朋友拍電報來，我就會去火車站接他。

測驗六：詞彙與語法

請選擇一個正確的答案。

1. ... большие музыкальные способности.
2. ... нравится серьёзная музыка.
3. Мы часто встречаемся ... в филармонии.
4. Вчера я опять встретил ... там.
5. Я купил ... билет на концерт.

選項：(А) с Ниной (Б) Нину (В) у Нины (Г) Нине (Д) Нина

分析：第1題沒有動詞，所以我們可以判斷形容詞＋名詞是複數第一格的詞組，而非受詞第四格，為固定句型。看過選項之後，我們知道應選 (В) у Нины，為現在式的時態：前置詞у＋人第二格＋есть＋名詞第一格表示「某人有某物」。此處並無есть，那是因為如果後有表示「質量」、「數量」等修飾名詞的單詞，則есть可以省略。該句型的否定形式為：у＋人第二格＋нет＋名詞第二格表示「某人沒有某物」。第2題的關鍵是動詞нравится。原形動詞為нравиться / понравиться，是「喜歡」的意思。句中的第一格為「被喜歡的人或物」，是「主詞」，而「主動喜歡的人」是「主體」，需用第三格。本題應選 (Г) Нине。第3題的動詞встречаемся後通常接前置詞с＋名詞第五格，名詞如果是人，表示「與某人約好見面」的意思，所以要選 (А) с Ниной。第4題動詞встречать / встретить後通常接受詞第四格，為及物動詞，意思是「遇見、碰見」。這種「遇見、碰見」指的是無預期地、沒有事先約好地。本題應選 (Б) Нину。第5題的主詞為я，動詞為купил。動詞的原形為купить，為完成體動詞，其未完成體動詞為покупать。動詞後如接人則用第三格，為間接受詞，而接物則用第四格，為直接受詞，所以答案應選 (Г) Нине。

★ *У Нины* большие музыкальные способности.
妮娜的音樂天分出眾。

★ *Нине* нравится серьёзная музыка.
妮娜喜歡嚴肅的音樂。

★ Мы часто встречаемся *с Ниной* в филармонии.
我常常跟妮娜約在音樂廳見面。

★ Вчера я опять встретил *Нину* там.
昨天我又在那裏遇見了她。

★ Я купил *Нине* билет на концерт.
我買了一張音樂會的票給妮娜。

6. Моя подруга - ...
7. Ещё в школе она мечтала стать ...
8. Ей очень нравится профессия ...
9. Туристы всегда внимательно слушают ...
10. Им интересно ходить по музею ...

選項：(А) экскурсовода (Б) экскурсоводом (В) экскурсовод (Г) с экскурсоводом (Д) экскурсоводу

分析：第6題的關鍵是「破折號」。該符號的左右兩邊應為「同謂語」，就是應該要同一格。句子左邊是第一格，所以答案也應為第一格 (В) экскурсовод。第7題的關鍵詞是動詞стать。動詞後通常接名詞第五格，表示「成為某人或某物」，所以答案為 (Б) экскурсоводом。第8題名詞профессия之後如果接名詞做為修飾之用，則第二個名詞應為第二格，為「從屬關係」，應選 (А) экскурсовода。第9題動詞слушать為及物動詞，後接受詞第四格，所以選 (А) экскурсовода。第10題句意完整，所以選擇 (Г) с экскурсоводом以符合句子的延伸意義。

★ Моя подруга - *экскурсовод*.
我的朋友是一位導遊。

★ Ещё в школе она мечтала стать *экскурсоводом*.
她還在中學時就渴望成為一位導遊。

★ Ей очень нравится профессия *экскурсовода*.
她非常喜歡導遊這職業。

★ Туристы всегда внимательно слушают *экскурсовода*.
遊客總是專心地聽導遊講解。

★ Им интересно ходить по музею *с экскурсоводом*.
他們覺得有趣一起跟導遊逛博物館。

11. У меня много ...
12. Многие ... учатся в Петербурге.
13. Двое ... – студенты СПбГПУ.
14. Пятеро ... поступили в другие вузы.
15. Самый близкий ... учится на родине.

選項：(А) друзья (Б) друга (В) друзей (Г) друг

分析：第11題的數詞много之後接「可數名詞」用複數第二格，若接「不可數名詞」則接單數第二格。名詞друг「朋友」為可數名詞，所以答案為複數第二格的 (В) друзей。第12題的многие可當名詞，做「許多人」解釋，在此為形容詞，是「許多」的意思，後接複數名詞第一格，當主詞使用。

後為動詞第三人稱複數變位，以配合主詞，所以答案應選 (А) друзья。第13題的「集合數詞」двое的意思是「兩個」，通常後接陽性的或共性的複數名詞，用複數第二格，所以答案為 (В) друзей。第14題的「集合數詞」пятеро「五個」與двое用法相同，答案也是 (В) друзей。第15題有動詞учится，為第三人稱單數變位，所以答案應為主詞，也應為單數，所以答案應選 (Г) друг。

★ У меня много *друзей*.
我有許多朋友。

★ Многие *друзья* учатся в Петербурге.
許多朋友在彼得堡念書。

★ Двое *друзей* – студенты СПбГПУ.
兩個朋友是聖彼得堡科技大學的學生。

★ Пятеро *друзей* поступили в другие вузы.
五個朋友考取了其他的大學。

★ Самый близкий *друг* учится на родине.
最親近的朋友在祖國念書。

16. Студенческий вечер был 19-ого ...
17. ... мы уже могли немного говорить по-русски.
18. ... – последний месяц осени.
19. ... часто шёл дождь.
選項：(А) ноябрь (Б) в ноябре (В) ноября

分析：第16題主詞是студенческий вечер，動詞是BE動詞был，後接日期第二格，表示「發生某事件、活動的確切日期」。數詞「日」用第二格，後接「月」第二格，作為「從屬關係」，答案為 (В) ноября。第17題句意完整：有主詞мы，有動詞могли говорить，後接修飾動詞之副詞по-русски。根據句意，可選 (Б) в ноябре作為表示「時間」之補充。第18題又是「破折號」，右邊名詞месяц為第一格，所以答案也應為第一格的 (А) ноябрь。第19題主詞為дождь「雨」，動詞為шёл，也有頻率副詞修飾動詞，所以依照句意，應選 (Б) в ноябре以表示「時間」之補充。

★ Студенческий вечер был 19-ого *ноября*.
學生晚會曾在11月19日舉行。

★ *В ноябре* мы уже могли немного говорить по-русски.
在11月的時候我們已經會說些俄語了。

★ *Ноябрь* – последний месяц осени.
11月是秋天的最後一個月份。

★ *В ноябре* часто шёл дождь.
在11月的時候常常下雨。

20. На уроке преподаватель рассказывал нам ...
21. Раньше он часто ездил из Петербурга ...
22. Мы мечтали увидеть ... своими глазами.
23. Мы рады, что познакомились ...
24. Вчера мы приехали в Петербург ...
選項：(А) Киев (Б) с Киевом (В) о Киеве (Г) в Киев (Д) из Киева

分析：第20題的關鍵詞是動詞рассказывал。該動詞是未完成體動詞，完成體動詞為рассказать，意思是「敘述、講述」。動詞後如果接人用第三格，接物則通常用前置詞о＋名詞第六格，所以本題應選 (В) о Киеве。第21題的關鍵也是動詞。動詞ездить是「不定向的移動動詞」，其「定向的移動動詞」為ехать。動詞後通常接表示「移動」的副詞或是前置詞＋地點第四格。如果要表示「從某處前往」，那就用前置詞＋地點第二格，就如本題。本題答案為 (Г) в Киев。第22題動詞увидеть為及物動詞，後接受詞第四格，所以答案應選 (А) Киев。第23題動詞познакомились的原形動詞為познакомиться，為完成體動詞，其未完成體動詞為знакомиться。動詞後通常接前置詞 с＋名詞第五格，表示「與某人或某物結識、熟悉」，所以本題應選 (Б) с Киевом。第24題的語法意義與第21題相同，都是有移動動詞的句型。動詞приехать為定向動詞，後接前置詞в＋地點第四格，而後為表示「從何處抵達」，所以應用前置詞＋地點第二格，所以選 (Д) из Киева。

★ На уроке преподаватель рассказывал нам *о Киеве*.
在課堂上老師跟我們講述基輔的種種。

★ Раньше он часто ездил из Петербурга *в Киев*.
以前他常常從彼得堡去基輔。

★ Мы мечтали увидеть *Киев* своими глазами.
我們渴望親眼看到基輔。

★ Мы рады, что познакомились *с Киевом*.
我們對了解了基輔而感到開心。

★ Вчера мы приехали в Петербург *из Киева*.
昨天我們從基輔抵達彼得堡。

25. Мой друг часто бывает ...
26. Я тоже часто хожу ...
27. ... находится на 4-ом этаже.
28. Вчера я поздно вернулся домой ...

選項：(А) лаборатория (Б) в лабораторию (В) в лаборатории (Г) лаборатории (Д) из лаборатории

分析：第25題的關鍵詞是動詞бывать。該動詞是未完成體動詞，如果與「地點」搭配使用，則當「去、常去」解釋。雖然詞意類似「移動」的意涵，但是動詞後只能用表達「靜止」狀態的副詞或前置詞＋名詞第六格。但是翻譯的時候，我們不妨譯為移動的動作，以符合中文的使用習慣。本題應選 (В) в лаборатории。第26題的動詞為移動動詞，所以後應接前置詞＋名詞第四格，答案為 (Б) в лабораторию。第27題有動詞第三人稱單數現在式變位，後接表示靜止狀態的地點，獨缺主詞，所以應選第一格的 (А) лаборатория。第28題關鍵在動詞вернулся。該動詞為完成體動詞，其未完成體動詞為возвращаться，意思是「返回」。動詞後用表示移動的副詞或是前置詞＋地點第四格，表達「返回何處」；若表示「從何處返回」，則用前置詞＋地點第二格，所以答案是 (Д) из лаборатории。

★ Мой друг часто бывает *в лаборатории*.
我的朋友常常去實驗室。

★ Я тоже часто хожу *в лабораторию*.
我也常常去實驗室。

★ *Лаборатория* находится на 4-ом этаже.
實驗室在四樓。

★ Вчера я поздно вернулся домой *из лаборатории*.
昨天我很晚才從實驗室回到家。

29. Я покупаю много ...
30. Сегодня я прочитал 2 ...
31. А моя подруга не любит читать ...
32. На столе лежит её ...
選項：(А) газет (Б) газеты (В) газета

分析：第29題的關鍵詞是不定量數詞много「多」。該詞後面應用名詞第二格，若為可數名詞，則用複數第二格，若為不可數名詞，則用單數第二格。本題答案「報紙」是可數名詞，所以答案應為複數第二格 (A) газет。第30題數詞2應用單數第二格，所以答案為 (Б) газеты。再提醒考生：數詞1用單數第一格，2至4應用單數第二格，5及5以上為複數第二格。第31題動詞читать後接受詞第四格，所以答案為 (Б) газеты。第32題有動詞лежит，為第三人稱單數現在式動詞，也有表示「靜止」狀態的前置詞＋地點第六格，所以缺乏的是主詞，應選單數的 (В) газета。

★ Я покупаю много *газет*.
我買很多份報紙。

★ Сегодня я прочитал 2 *газеты*.
今天我看了兩份報紙。

★ А моя подруга не любит читать *газеты*.
而我的朋友不喜歡看報紙。

★ На столе лежит её *газета*.
她的報紙在桌上。

33. Недавно студенты были на ...
選項：(А) концерт (Б) концерте (В) концерта

分析：本題動詞были的原形為быть，是完成體動詞。動詞現在式的使用僅限於第三人稱的句型：У меня *есть*... 否定為У меня *нет*...。在現在式的其他句型中，該動詞省略不用，例如Антон студент. 安東是個學生。動詞與「地點」搭配使用，則當「去、常去」解釋。雖然詞意類似「移動」的意涵，但是動詞後只能用表達「靜止」狀態的副詞或前置詞＋名詞第六格。但是翻譯的時候，我們不妨譯為移動的動作，以符合詞意。試與第27題動詞比較。本題應選 (Б) концерте。

★ Недавно студенты были на *концерте*.
不久前學生們去聽了音樂會。

34. В ... у нас была лекция.
選項：(А) пятница (Б) пятнице (В) пятницу

分析：為表達「星期幾」用前置詞в＋星期第四格，所以答案為 (В) пятницу。

★ В *пятницу* у нас была лекция.
星期五我們曾有一堂課。

35. Ахмад – иностранец. Сейчас ... изучает русский язык.
36. ... приехал из Сирии.
37. Я знаю ... уже полгода.
38. Иногда я объясняю ... грамматику.
39. Я люблю проводить свободное время ...
選項：(А) ему (Б) он (В) его (Г) с ним

分析：第35題有動詞изучает，是及物動詞，後接名詞第四格русский язык，所以缺乏的是第一格的主詞，故選 (Б) он。第36題動詞是移動動詞，後接前置詞из＋地點第二格，表達「從何處來」的意思，獨缺主詞，所以應選第一格 (Б) он。第37題的動詞也是及物動詞，後接名詞第四格，所以答案是 (В) его。第38題的動詞объяснять，後接人的話用第三格，接物則用第四格。單詞грамматику是грамматика的第四格，所以答案是人用第三格，故選 (А) ему。第39題主詞是я，動詞是люблю проводить，動詞後用受詞第四格свободное время，句意完整。答案為補充的句意，以前置詞＋名詞第五格表達「與某人」之意，所以應選 (Г) с ним。

★ Ахмад – иностранец. Сейчас *он* изучает русский язык.
阿赫馬德是個外國學生，他現在在學俄文。

★ *Он* приехал из Сирии.
他來自敘利亞。

★ Я знаю *его* уже полгода.
我認識他已經半年了。

★ Иногда я объясняю *ему* грамматику.
有時候我會解釋語法給他聽。

★ Я люблю проводить свободное время *с ним*.
我喜歡跟他一起打發時間。

40. Вчера я ходил в больницу ...
41. Я был в больнице ...
42. Преподаватель спросил меня ...
選項：(А) о больном друге (Б) к больному другу (В) у больного друга (Г) больной друг

分析：第40題有時間副詞вчера，主詞是я，動詞是移動動詞ходил，動詞後用前置詞＋地點第四格в больницу。如果移動動詞後接人，表示「去找某人」，則應用前置詞к＋名詞第三格，所以答案為 (Б) к больному другу。第41題是表示「靜止」狀態的BE動詞，所以後接前置詞＋地點第六格。動詞後如果接人，則用前置詞у＋名詞第二格，表示「在某人處」之意，應選 (B) у больного друга。第42題的語法意義完整，有主詞、動詞、受詞，依照句意，應為動詞後之補充，所以要選 (A) о больном друге。

★ Вчера я ходил в больницу *к больному другу*.
昨天我去醫院探視生病的朋友。

★ Я был в больнице *у больного друга*.
我去醫院探視生病的朋友。

★ Преподаватель спросил меня *о больном друге*.
老師問我有關生病朋友的狀況。

43. Александровский парк находится недалеко ...
44. Адмиралтейство тоже находится рядом ...
45. Туристский автобус остановился ...
選項：(А) с Дворцовой площадью (Б) Дворцовой площади (В) от Дворцовой площади (Г) на Дворцовой площади

分析：第43題的關鍵是副詞недалеко。該副詞後通常與前置詞от＋名詞第二格連用，表達「離某處不遠」之意，所以答案為 (В) от Дворцовой площади。第44題的關鍵是也是副詞。副詞рядом後通常與前置詞с＋名詞第五格連用，表達「在某處隔壁」之意，所以答案為 (А) с Дворцовой площадью。第45題的關鍵是動詞。動詞остановился的原形是остановиться，未完成體動詞為останавливаться，意思是「停留、停靠」，是表達「靜止」狀態的動作，後應接相對的副詞或是前置詞＋地點第六格。本題應選 (Г) на Дворцовой площади。

★ Александровский парк находится недалеко *от Дворцовой площади*.
亞歷山大花園離皇宮廣場不遠。

★ Адмиралтейство тоже находится рядом *с Дворцовой площадью.*
海軍總部也在皇宮廣場旁邊。

★ Туристский автобус остановился *на Дворцовой площади.*
觀光巴士在皇宮廣場停了下來。

46. Мы любим ходить ...
47. Скоро в нашей библиотеке откроют ...
48. Мы познакомились с молодым поэтом ...
49. Вчера мы ходили ...
選項：(А) на книжную выставку (Б) книжную выставку (В) на книжной выставке (Г) на книжные выставки

分析：第46題與第49題的動詞一樣，是移動動詞ходить。動詞後應接前置詞＋名詞第四格。第46題助動詞любим表示「反覆」的動作，所以答案宜用複數 (Г) на книжные выставки；而第49題有時間副詞вчера，如果沒有強調「動作是重複的」，則宜看作是「一次性」的動作，所以應選擇單數答案 (А) на книжную выставку。第47題為「泛人稱句」，也就是說，句中沒有主詞，而動詞應用第三人稱的複數形式。句中動詞откроют合乎語法意義，就是第三人稱複數的變位，是完成體動詞，為未來式。其他還有表示時間的副詞скоро與表示地點的前置詞＋名詞第六格，獨缺受詞第四格，所以答案應選 (Б) книжную выставку。第48題主詞是мы，動詞是познакомились，動詞後接前置詞с＋名詞第五格，在此表示「與詩人認識」之意，句意完整。如要表達認識的「地點」則用前置詞на＋地點第六格，所以要選 (В) на книжной выставке。

★ Мы любим ходить *на книжные выставки.*
我們喜歡看書展。

★ Скоро в нашей библиотеке откроют *книжную выставку*.

在我們的圖書館即將舉辦書展。

★ Мы познакомились с молодым поэтом *на книжной выставке*.

我跟年輕的詩人是在書展上認識的。

★ Вчера мы ходили *на книжную выставку*.

昨天我們去看書展。

50. – ... работает твой старший брат? – Преподавателем.

51. – ... он начал работать? – 10 лет назад.

52. – А ... лет он учился в аспирантуре? – 3 года.

53. – ... он занимается в свободное время? – Спортом и музыкой.

選項：(А) когда (Б) сколько (В) чем (Г) кем

分析：我們依照句意及對話的回覆來作答。第50題的回答преподавателем是преподаватель的第五格，所以答案應選кто的第五格(Г) кем。第51題的回覆是時間，所以疑問副詞也應該是表達時間的 (А) когда。第52題的回覆是數詞＋名詞，所以表示「數量」，應用相對的疑問代名詞提問，應選 (Б) сколько。第52題的動詞是заниматься，後應接第五格，而回覆也是用第五格，所以答案應選疑問代名詞что的第五格 (В) чем。

★ – *Кем* работает твой старший брат? – Преподавателем.

– 你的哥哥從事甚麼工作？ - 老師。

★ – *Когда* он начал работать? – 10 лет назад.

– 他甚麼時候開始工作的？ – 10年前。

★ – А *сколько* лет он учился в аспирантуре? – 3 года.

– 那他在博士班念了幾年？– 3年。

★ – *Чем* он занимается в свободное время? – Спортом и музыкой.

– 他在空閒時後做些甚麼？ – 運動及玩音樂。

54. – ... ты получил вчера письмо? – От сестры.

55. – ... она будет жить летом? – У бабушки.

56. – А ... ты поедешь? – Тоже к бабушке.

57. – ... живёт ваша бабушка? – В деревне.

選項：(А) у кого (Б) к кому (В) где (Г) от кого

分析：這四題我們也是依照句意及對話的回覆來作答。第54題的回答有前置詞от＋人第二格，表示「從某人」的意思。問句中有動詞получил＋名詞第四格，所以就是「收到某人寄來的信」的意思，答案為 (Г) от кого。第55題的關鍵也是在回答。前置詞у＋人第二格，除了是動詞есть省略並表示「某人有」的意思之外，也可以表達「在某人處」，所以答案應選 (А) у кого。第56題看到了移動動詞поедешь，但是沒有表達「移動」狀態的副詞或詞組，而看到回答是前置詞к＋人第三格，所以我們知道意思是「去找某人」，答案應為 (Б) к кому。第57題問句有主詞ваша бабушка，有動詞живёт。動詞жить當然在此與表示「靜止」狀態的疑問副詞連用，答案為 (В) где。

★ – *От кого* ты получил вчера письмо? – От сестры.

– 你收到誰寄來的信？ – 姊姊。

★ – *У кого* она будет жить летом? – У бабушки.

– 她夏天要住在誰家？ – 奶奶家。

★ – А *к кому* ты поедешь? – Тоже к бабушке.

– 那你要去找誰？ - 也是找奶奶。

★ – *Где* живёт ваша бабушка? – В деревне.

– 你們的奶奶住哪裡？– 住鄉下。

58. Раньше Максим никогда не ... на занятия.

59. Теперь он живёт далеко от института и иногда ... на лекции.

60. Вчера Максим ... на лекцию на 5 минут.

選項：(А) опаздывает (Б) опаздывал (В) опоздал (Г) опоздает

分析：這三題是考動詞的體。動詞опаздывать與опоздать是一對未完成體與完成體動詞。第58題有表示過去式時態的時間副詞раньше，同時有頻率副詞никогда не表示過去一種「反覆」的動作。表示「反覆」的動作用未完成體，所以應選 (Б) опаздывал。第59題也是有頻率副詞иногда，所以也應該用未完成體動詞，而時間副詞теперь「現在」告訴我們應選現在式時態的答案 (А) опаздывает。第60題有時間副詞вчера，而且на лекцию是單數形式，並不是「反覆」的動作，所以要選過去式的完成體動詞 (В) опоздал。

★ Раньше Максим никогда не *опаздывал* на занятия.
以前馬克辛上課從來不遲到。

★ Теперь он живёт далеко от института и иногда *опаздывает* на лекции.
現在他住得離大學遠，所以有時候上課會遲到。

★ Вчера Максим *опоздал* на лекцию на 5 минут.
昨天馬克辛上課遲到了五分鐘。

61. Когда я учился в школе, я всегда хорошо ... экзамены.

62. Мой друг уже ... экзамен по русскому языку.

63. Я думаю, что я тоже смогу хорошо ... его.

選項：(А) сдавать (Б) сдавал (В) сдал (Г) сдать

分析：動詞сдавать與сдать是一對未完成體與完成體動詞，若與名詞экзамен連用時則當「考試」解釋。請注意，未完成體動詞做「參加考試」解釋，而完成體動詞則是「通過考試」的意思。第61題有頻率副詞всегда，另前句的時態為過去式，所以要選未完成體動詞的過去式 (Б) сдавал。第62題有個關鍵的副詞уже「已經」，所以要選動詞的過去式。本句並沒有頻率副詞，或是「反覆」參加考試的單詞或詞組，所以應該選擇「通過了考試」，要選 (В) сдал。第63題有表示「結果」的副詞хорошо，所以要用完成體動詞，表示「通過考試」，而非僅僅「參加考試」。另外，句中有助動詞смогу，意思是「可以」，所以依照句意是「可以通過考試」的意思，所以選擇完成體的原形動詞 (Г) сдать。

★ Когда я учился в школе, я всегда хорошо *сдавал* экзамены.
當我念中學時，我考試總是考得好。

★ Мой друг уже *сдал* экзамен по русскому языку.
我的朋友已經通過俄文考試。

★ Я думаю, что я тоже смогу хорошо *сдать* его.
我認為我也可以把它考得很好。

64. Ахмад часто ... письма.
65. Особенно он любит ... письма от родителей.
66. Вчера он ... от них посылку.
選項：(А) получать (Б) получает (В) получить (Г) получил

分析：動詞получать是未完成體，而получить是完成體動詞。第64題有頻率副詞часто，所以要選未完成體動詞的現在式 (Б) получает。第65題有個關鍵的動詞любит。該動詞之後接原形動詞只能為未完成體，表示「反覆」的行為，所以要選 (А) получать。第66題有時間副詞вчера，而且並無表示「反覆」動作的詞彙，所以要選過去式的完成體動詞 (Г) получил。

★ Ахмад часто *получает* письма.
阿赫馬德常常收到信。

★ Особенно он любит *получать* письма от родителей.
他尤其喜歡收到父母親的來信。

★ Вчера он *получил* от них посылку.
昨天他收到他們寄來的包裹。

67. Сейчас преподаватель ... тетради студентов.

68. Он начал ... их час назад.

69. Он уже ... 8 тетрадей.

70. Он должен ... ещё 2 тетради.

選項：(А) проверять (Б) проверяет (В) проверить (Г) проверил

分析：動詞проверять是未完成體，而проверить是完成體動詞，是及物動詞，後接受詞第四格，意思是「檢查、批改」。第67題有時間副詞сейчас，所以要選未完成體動詞的現在式 (Б) проверяет。第68題有個關鍵的動詞начать「開始」。該動詞是完成體動詞，其未完成體動詞是начинать，之後只能接未完成體原形動詞。相同情形的動詞還有продолжать / продолжить「繼續、持續」、кончать / кончить「結束」。本題應選 (А) проверять。第69題的關鍵是副詞уже及數詞。副詞及數詞在此表示動作的「結果」，而非「過程」，所以應選完成體動詞的過去式時態 (Г) проверил。第70題的形容詞短尾形式должен後應接原形動詞。根據句意，還有兩本需要批改，是「結果」，所以應選完成體動詞 (В) проверить。

★ Сейчас преподаватель *проверяет* тетради студентов.

老師現在在批改學生的筆記本。

★ Он начал *проверять* их час назад.

他在一小時前開始批改。

★ Он уже *проверил* 8 тетрадей.

他已經改完八本筆記本了。

★ Он должен *проверить* ещё 2 тетради.

他還必須批改兩本筆記本。

71. Скоро мой брат ...

72. Он с детства мечтал ...

73. Раньше наш отец тоже ...

選項：(А) был учителем (Б) будет учителем (В) быть учителем

分析：第71題關鍵詞是時間副詞скоро「即將、很快地」，所以時態應為未來式，答案要選 (Б) будет учителем。第72題有助動詞мечтал「渴望、夢想」，所以後面應接原形動詞 (В) быть учителем。第73題的時間副詞раньше「以前」告訴我們應選過去式的時態，答案是 (А) был учителем。

★ Скоро мой брат *будет учителем*.

我的哥哥即將成為一位老師。

★ Он с детства мечтал *быть учителем*.

他從小就夢想當老師。

★ Раньше наш отец тоже *был учителем*.

我們的父親以前也是位老師。

74. Недавно я ... альбом «Русский музей».

75. Мой друг решил ... альбом «Эрмитаж».

76. Он часто ... книги по искусству.

選項：(А) покупать (Б) купил (В) покупает (Г) купить

分析：第74題關鍵詞是時間副詞недавно「不久前」，所以時態應為過去式。根據句意，「買了」就是「買了」，是「一次性」的動作，應用完成體動詞，所以答案應選 (Б) купил。第75題有助動詞решил「決定了」，也是「一次性」的動作，所以後面應接完成體的原形動詞 (Г) купить。第76題有關鍵的頻率副詞часто，所以應選未完成體動詞的現在式 (В) покупает。

★ Недавно я *купил* альбом «Русский музей».
不久前我買了一本「俄羅斯博物館」的畫冊。

★ Мой друг решил *купить* альбом «Эрмитаж».
我的朋友決定買一本「冬宮博物館」的畫冊。

★ Он часто *покупает* книги по искусству.
他常常買藝術類的書籍。

77. Друг часто ... мне письма.

78. Он любит ... письма.

79. Недавно я ... ему длинное письмо.

選項：(А) писать (Б) написал (В) пишет (Г) написать

分析：動詞писать是未完成體動詞，其完成體動詞是написать。第77題關鍵詞是頻率副詞часто，所以應用未完成體動詞，答案應選 (В) пишет。第78題有助動詞любит，後面只能接未完成體的原形動詞，表示「反覆」的動作，答案是 (А) писать。第79題有時間副詞недавно，而句中沒有表達「反覆動作」的單詞或詞組，所以應該是「一次性的動作」，答案應選完成體動詞的過去式 (Б) написал。

★ Друг часто *пишет* мне письма.
朋友常常寫信給我。

★ Он любит *писать* письма.
他喜歡寫信。

★ Недавно я *написал* ему длинное письмо.
不久前我寫了一封很長的信給他。

80. Брат попросил ... его на вокзале.
81. Друзья решили ... в следующую субботу.
選項：(А) встретиться (Б) встретить

分析：選項 (А) встретиться是完成體動詞，其未完成體動詞為встречаться，意思是「見面」。請注意，這種見面是「約好的」，後面可接前置詞с＋名詞第五格。選項 (Б) встретить是完成體動詞，其未完成體動詞為встречать，意思是「遇見、碰到」。請注意，這種遇見一般來說是「偶然的」，但是還有一個反差極大的意思，那就是「迎接」。若當「迎接」解釋，句中通常會有機場、火車站等交通運輸建築來搭配使用。動詞為及物動詞，後面接受詞第四格。第80題有受詞第四格его，也有火車站，所以應選 (Б) встретить。第81題並無受詞，而有表示時間的詞組。依照句意，應選 (А) встретиться。

★ Брат попросил *встретить* его на вокзале.
朋友請求在火車站接他。

★ Друзья решили *встретиться* в следующую субботу.
朋友們決定在下個禮拜六見面。

82. Я умею ... на велосипеде.

83. Но я больше люблю ... пешком.

84. Моему другу нравится ... на метро.

選項：(А) идти (Б) ехать (В) ходить (Г) ездить

分析：動詞идти / ходить與ехать / ездить分別是兩對定向／不定向的移動動詞，他們的區別在於идти / ходить是「步行去某處」，而ехать / ездить則是需要「搭乘交通工具去某處」。定向動詞通常用在「當下」的時態，可以是現在式或是過去式。而不定向動詞的意義則是表達動作的「反覆性、重複性」，常與頻率副詞連用。第80題動詞умею的意思是「會」，表示一種「技能」，既然是技能，所以動詞應用不定向動詞，後面搭配的是「自行車」，所以答案為 (Г) ездить。第83題的動詞為люблю，表示動作是「持續的、反覆的」，例如「喜歡從校門口走到教室，卻不喜歡從教室走到校門口」是不合理的，因為喜歡走路就是喜歡走路，不可因方向不同而有好惡。本題有副詞пешком「步行」，所以要選 (В) ходить。第84題有動詞нравится及名詞метро，所以應選 (Г) ездить。

★ Я умею *ездить* на велосипеде.

我會騎腳踏車。

★ Но я больше люблю *ходить* пешком.

但是我比較喜歡走路。

★ Моему другу нравится *ездить* на метро.

我的朋友喜歡搭捷運。

85. В следующее воскресенье я первый раз ... в Летний сад.

86. Я ещё не ... в Летний сад.

87. Скоро каникулы. Я часто ... в музеи.

選項：(А) ходил (Б) буду ходить (В) пойду (Г) пошёл

分析：第85題有表示未來時態的詞組в следующее воскресенье「下個禮拜天」，之後有一個「定向」的移動地點в Летний сад，所以應用完成體動詞的未來式，答案是 (В) пойду。第86題根據句意，是「不曾去過」，所以要用不定向的移動動詞，應用 (А) ходил。第87題有頻率副詞，所以應用不定向的移動動詞，根據句意為未來的時態，所以答案是 (Б) буду ходить。

★ В следующее воскресенье я первый раз *пойду* в Летний сад.
下個禮拜天我將第一次去夏日花園。

★ Я ещё не *ходил* в Летний сад.
我還沒去過夏日花園。

★ Скоро каникулы. Я часто *буду ходить* в музеи.
快要放假了，我將會常常去逛博物館。

88. Недавно мои друзья ... в Петродворец.

89. Туда они ... на поезде, а обратно на автобусе.

90. Когда они ... домой, они говорили об экскурсии.

選項：(А) ехали (Б) ехать (В) ездили (Г) ездить

分析：第88題有表示過去時態的副詞недавно，表示「去過又回來了」，要用不定向動詞，所以答案選 (В) ездили。第89題是個典型句型，請考生特別注意。句中有表示移動「方向」的副詞туда，也就是說「從一個地方到另一個地方」，所以是一個定向移動的概念，一定要用定向動詞 (А) ехали。第90

題的句型與第89題一樣，也是表達一個「從一個地方到另一個地方」的概念，所以也是用定向動詞 (A) ехали。

★ Недавно мои друзья *ездили* в Петродворец.
不久前我的朋友們去了一趟彼得夏宮。

★ Туда они *ехали* на поезде, а обратно на автобусе.
他們搭火車去那裡，而回程是搭巴士。

★ Когда они *ехали* домой, они говорили об экскурсии.
當他們搭車回家時，他們聊有關旅行的事情。

91. Анвар приехал в Россию, чтобы ... русский язык.
92. Он давно хотел ... в этом университете.
93. На подготовительном факультете он ... вместе со своим другом.
94. Сейчас он ... не только русский язык, но и другие предметы.
選項：(А) учиться (Б) учится (В) изучает (Г) изучать

分析：動詞учиться是「學習、念書」的意思，通常在句中會有表示「時間」或「地點」的詞組搭配，例如Антон учится в Москве. 安東在莫斯科念書。動詞изучать則是「學、學習」的意思，為及物動詞，通常後接受詞第四格，而這受詞也多指的是「某項學科」，例如Антон изучает химию. 安東在學化學。第91題有受詞第四格русский язык，而且在чтобы之後，因為前後句的主詞是同一人，所以要用原形動詞 (Г) изучать。第92題的句尾表示一個「靜止」狀態的地點，而且有助動詞хотел，所以要用原形動詞 (А) учиться。第93題主詞是он，另有第六格的地點на подготовительном факультете，所以缺乏動詞，故選 (Б) учится。第94題主詞是он，有第四格的受詞русский язык及другие предметы，所以要選動詞現

在式 (В) изучает。另外我們可將не только, но и…「不僅，而且」當作片語背下來，並活用在口語及書寫方面。

★ Анвар приехал в Россию, чтобы *изучать* русский язык.
安華爾為了學俄文而來到俄羅斯。

★ Он давно хотел *учиться* в этом университете.
他早就想念這所大學了。

★ На подготовительном факультете он *учится* вместе со своим другом.
他跟自己的朋友一起念預科班。

★ Сейчас он *изучает* не только русский язык, но и другие предметы.
現在他不僅學俄文，還學其他的科目。

95. Моему другу нравится ... новые слова.
96. Он с удовольствием ... стихи.
97. Мы любим ... в библиотеке.
98. Скоро экзамен. Мой друг сейчас много ...
選項：(А) заниматься (Б) занимается (В) учить (Г) учит

分析：動詞заниматься後通常接第五格，表示「從事第五格的活動」，例如заниматься спортом的意思就是「運動」。如果後面不接名詞第五格，而接表示可供學習的「地點」副詞或詞組，通常表示「用功念書」的意思。動詞учить是及物動詞，是「學習」的意思，動詞後接的受詞第四格通常不是「學科」，而是較為基礎知識的學習，例如第95題與第96題的受詞第四格новые слова與стихи，就是符合本動詞後所接之受詞。第95題有助動詞нравится，所以後接原形動詞，答案是 (В) учить。第96題主詞是он，所以答案是動詞第三人稱單數的變位形式 (Г) учит。第97題有助動詞любим，所以

要接原形動詞 (А) заниматься。第98題主詞是мой друг，所以答案是動詞第三人稱單數的變位形式 (Б) занимается。

★ Моему другу нравится *учить* новые слова.
我的朋友喜歡學新的單詞。

★ Он с удовольствием *учит* стихи.
他把詩學得津津有味。

★ Мы любим *заниматься* в библиотеке.
我們喜歡在圖書館自習。

★ Скоро экзамен. Мой друг сейчас много *занимается*.
快要考試了，我的朋友現在超用功。

99. Когда я переводил текст, ...

選項：(А) я смотрю новые слова в словаре (Б) я смотрел новые слова в словаре (В) я посмотрю новые слова в словаре

分析：複合句中前句的動詞是переводил，其原形動詞為переводить，為未完成體動詞，完成體動詞是перевести，詞意是「翻譯」，後接受詞第四格。動詞переводил是陽性單數過去式形式，所以根據俄語語法，後句的動詞也應為未完成體的過去式時態，兩個未完成體的動詞在複合句中，其中一個動詞做為另一個動詞的「背景」。本題答案為 (Б) я смотрел новые слова в словаре。

★ Когда я переводил текст, *я смотрел новые слова в словаре.*
當我翻譯課文的時候，我在辭典查新的單詞。

100. Если Анна хорошо сдаст экзамены, ...

選項：(А) она поступает в университет (Б) она поступила в университет (В) она поступит в университет

分析：複合句中前句的動詞是сдаст，其原形動詞為сдать，為完成體動詞，而未完成體動詞是сдавать。未完成體動詞後接名詞экзамен作「參加考試」解釋，而完成體動詞則是「通過考試」的意思。後句的動詞поступает是未完成體動詞，完成體動詞是поступит。根據俄語語法，兩個完成體的動詞在複合句中按照「先後次序」完成動作。本題為一般的假設句，答案應為 (В) она поступит в университет。

★ Если Анна хорошо сдаст экзамены, *она поступит в университет*.
如果安娜考試考得好，她就會考取大學。

測驗七：詞彙與語法

請選擇一個正確的答案。

1. Этого студента зовут ...
2. Я хорошо знаю ...
3. Я часто бываю ...
4. Сегодня я позвоню ...
5. Завтра я поеду ...

選項：(А) к Максиму (Б) у Максима (В) Максим (Г) Максима (Д) Максиму

分析：第1題是固定句型。動詞是зовут，其原形動詞為звать，意思是「叫喚、稱呼」，在此為「泛人稱句」，並無固定的主詞。動詞後接受詞第四格，是этого студента，而「名字」則用第一格，是固定用法，請特別注意，意思是「人家叫我…」，答案應選 (В) Максим。第2題動詞знать為及物動詞，後接受詞第四格，所以應選 (Г) Максима。第3題的動詞бывать是「有、到」的意思，後通常接表示「靜止」狀態的地點，可用副詞或前置詞＋名詞第六格表示。如果後接人的話，則用前置詞у＋人第二格，表示「在某人處」，但是翻譯時建議譯作「去找某人」，以符合中文使用習慣。本題應選 (Б) у Максима。第4題的關鍵動詞是позвонить。其未完成體動詞為звонить，意思是打電話。動詞後接人用第三格，接地方則用前置詞＋地方第四格，例如Антон позвонил маме в офис. 安東打電話到公司給媽媽。此處受詞為人，所

以要選第三格 (Д) Максиму。第5題的移動動詞поехать後接地點用表示「移動」狀態的副詞或詞組，如果接人則用前置詞к＋人第三格，是「去找某人」的意思，答案為 (А) к Максиму。

★ Этого студента зовут *Максим*.
這個學生叫馬克辛。

★ Я хорошо знаю *Максима*.
我很了解馬克辛。

★ Я часто бываю *у Максима*.
我常常去找馬克辛。

★ Сегодня я позвоню *Максиму*.
今天我會打電話給馬克辛。

★ Завтра я поеду *к Максиму*.
明天我會去找馬克辛。

6. Недавно я получил письмо ...
7. Сегодня я написал ответ ...
8. Я давно не видел ...
9. Скоро я поеду ...
10. Всё лето я буду жить ...

選項：(А) у брата (Б) к брату (В) брату (Г) от брата (Д) брата

分析：第6題的動詞是完成體動詞получить，其未完成體動詞為получать，是及物動詞，後接受詞第四格，意思是「收到、獲得」。如果要強調「從某人獲得」的話，則用前置詞от＋人第二格，所以答案是 (Г) от брата。第7題的動詞是написать，是完成體動詞，其未完成體動詞為писать，意思是「寫、寫信」。動詞後接物第四格，接人則用第三格。

名詞ответ為第四格，所以答案要選人第三格 (В) брату。第8題的動詞видеть是及物動詞，後接受詞第四格，是「看到」的意思。值得一提的是，如果及物動詞為否定，則受詞應用第二格，但是口語中還是可以用第四格。本題應選 (Д) брата。第9題的移動動詞поехать後接地點用表示「移動」狀態的副詞或詞組，如果接人則用前置詞к＋人第三格，是「去找某人」的意思，答案為 (Б) к брату。第10題的關鍵動詞жить是「住、生活」的意思，如果為表示「住在何處」，則通常搭配「靜止」狀態的副詞或前置詞＋地點第六格。如果要表示「住在某人家」，則應用前置詞у＋人第二格，所以應選 (А) у брата。另外要注意，詞組всё лето表「一段時間」，所以在此為第四格，而非第一格。

★ Недавно я получил письмо *от брата*.
不久前我收到哥哥寄來的信。

★ Сегодня я написал ответ *брату*.
今天我寫了回信給哥哥。

★ Я давно не видел *брата*.
我好久沒看到哥哥了。

★ Скоро я поеду *к брату*.
我很快就會去找哥哥。

★ Всё лето я буду жить *у брата*.
我整個夏天都會住在哥哥家。

11. Раньше я не любил ...

12. Летом наша семья отдыхала ...

13. Рядом ... находится красивое озеро.

14. Теперь мне очень нравится ...

15. Каждое лето я буду ездить ...

選項：(А) с деревней (Б) в деревню (В) в деревне (Г) деревню (Д) деревня

分析：第11題的動詞是未完成體動詞любить，意思是「喜歡、愛」，後接名詞第四格或是未完成體的原形動詞，所以答案是 (Г) деревню。第12題的動詞是отдыхать，其完成體動詞為отдохнуть，意思是「休息、度假」。動詞後通常搭配表示「靜止」狀態的副詞或是前置詞＋地點第六格，所以應選 (В) в деревне。第13題的關鍵詞是副詞рядом「在旁邊」。副詞後可不接任何詞類，但如果需與名詞搭配，則須加前置詞с，而後面的名詞需用第五格，所以應選 (А) с деревней。第14題是基本句型。動詞нравиться / понравиться是「喜歡」的意思。「主動」的人是「主體」，而非「主詞」，所以要用第三格，而「被喜歡」的人或物才是主詞，為第一格。本句мне為第三格，所以答案應為第一格的 (Д) деревня。第15題移動動詞後通常搭配表示「移動」狀態的副詞或前置詞＋地點第四格，所以答案是 (Б) в деревню。

★ Раньше я не любил *деревню*.

以前我不喜歡鄉下。

★ Летом наша семья отдыхала *в деревне*.

夏天我們家人在鄉下度假。

★ Рядом *с деревней* находится красивое озеро.

鄉下附近有個漂亮的湖。

★ Теперь мне очень нравится *деревня.*

現在我很喜歡鄉下。

★ Каждое лето я буду ездить *в деревню.*

我每個夏天將會去鄉下。

16. Этот журналист приехал ...
17. Он работал в столице ...
18. Он хорошо знает ...
19. Недавно он написал книгу ...

選項：(А) Вьетнам (Б) во Вьетнаме (В) Вьетнама (Г) из Вьетнама (Д) о Вьетнаме

分析：第16題的動詞是完成體移動動詞приехать，意思是「來到、抵達」，後接表達「移動」狀態的副詞或是前置詞＋地點第四格，表示「來到某處」。若是要表達「從何處來」，同樣是用表達「移動」狀態的副詞或是前置詞＋地點第二格，所以答案是 (Г) из Вьетнама。第17題的主詞是он，動詞是работал，後接前置詞＋名詞第六格，表示工作的地點。名詞第六格之後再接另一名詞以修飾第六格名詞，應用第二格表「從屬關係」，所以應選 (В) Вьетнама。第18題的動詞знать為及物動詞，後接受詞第四格，應選 (А) Вьетнам。第19題主詞、動詞、受詞皆備，根據句意，是描述「書的內容」，所以要選 (Д) о Вьетнаме。

★ Этот журналист приехал *из Вьетнама.*

這位記者來自越南。

★ Он работал в столице *Вьетнама.*

他曾在越南的首都工作。

★ Он хорошо знает *Вьетнам*.

他對越南很熟。

★ Недавно он написал книгу *о Вьетнаме*.

不久前他寫了一本有關越南的書。

20. Родители Ахмада живут ...

21. Летом Ахмад ездил ...

22. Он интересуется историей ...

23. Он интересно рассказывает ...

選項：(А) Сирия (Б) в Сирии (В) о Сирии (Г) в Сирию (Д) Сирии

分析：第20題的動詞жить是「住、生活」的意思，如果為表示「住在何處」，則通常搭配「靜止」狀態的副詞或前置詞＋地點第六格。如果要表示「住在某人處」，則應用前置詞у＋人第二格。本題為地點，所以應選 (Б) в Сирии。第21題移動動詞ездить後面應搭配表示「移動」狀態的副詞或是前置詞＋地點第四格，所以答案是 (Г) в Сирию。第22題主詞он，動詞интересуется後接名詞第五格историей。動詞很重要，要盡早學會。該動詞有-ся，後接名詞第五格，意思是「對…有興趣」。被感興趣的名詞為第五格，而主動的主詞為第一格，如本句。如果動詞沒有-ся，則被感興趣的名詞反而為主詞第一格，主動的名詞用第四格，是受詞，例如本題可改寫為История интересует Ахмада. 在此主詞是история，受詞是Ахмада第四格。回到本題，名詞之後有另一名詞來做為修飾功能，應用第二格，故選 (Д) Сирии。第23題動詞рассказывать之後接人用第三格，接物通常用前置詞о＋名詞第六格，所以選 (В) о Сирии。

★ Родители Ахмада живут *в Сирии*.
阿赫馬德的父母親住在敘利亞。

★ Летом Ахмад ездил *в Сирию*.
阿赫馬德在夏天去過敘利亞。

★ Он интересуется историей *Сирии*.
他對敘利亞的歷史感到興趣。

★ Он интересно рассказывает *о Сирии*.
他有趣地敘述著敘利亞。

24. Гагарин родился в 1934 ...
25. Он поступил в военное училище, когда ему было 21 ...
26. 12 апреля 1961 ... он совершил полёт в космос.
27. В это время ему было 27 ...
28. Когда ему было 33 ..., он окончил Военно-воздушную инженерную академию.

選項：(А) год (Б) года (В) году (Г) лет

分析：第24題表示「在何年」的時間意義。名詞год「年」有兩個第六格，一個是году，重音在詞尾；另一個是годе。如果要表示「在某一年」，則要用году，所以答案是 (В) году。第25題是數詞與名詞搭配規則。數字1用單數第一格，數字2至4用單數第二格，數字5及5以上則用複數第二格。11至19用複數第二格，其他數字的個位數則依照本說明使用，例如41用單數第一格，383用單數第二格，1007用複數第二格。所以第25題要選單數第一格 (А) год、第27題要選複數第二格 (Г) лет，而第28題要選單數第二格 (Б) года。第26題也是時間。表示確切日期「在某一天」，日期12要用序數數詞第二格，是固定用法，一定要記住。月份也是第二格，年代也是第二格，所以名詞「年」當然也要用第二格，如此環環相扣，表示「從屬關係」，答案為 (Б) года。

★ Гагарин родился в 1934 *году*.

加加林出生於1934年。

★ Он поступил в военное училище, когда ему было 21 *год*.

他在21歲的時候考上了軍校。

★ 12 апреля 1961 *года* он совершил полёт в космос.

他在1961年4月12日飛上了太空。

★ В это время ему было 27 *лет*.

這個時候他27歲。

★ Когда ему было 33 *года,* он окончил Военно-воздушную инженерную академию.

他在33歲的時候畢業於軍事太空工程學院。

29. Чьи это ... ?
30. Вы часто получаете ... ?
31. Я получаю много ...
32. Вчера я послал 5 ...

選項：(А) писем (Б) письма (В) письмо

分析：第29題疑問代名詞чьи是複數形式，是「誰的」的意思，單數分別為чей、чья、чьё。疑問代名詞是複數形式，答案也應該是複數 (Б) письма。第30題動詞получать為及物動詞，後接受詞第四格，因為有頻率副詞часто，所以選擇複數的第四格較為合理，故選 (Б) письма。第31題不定量數詞много之後接名詞第二格：可數名詞用複數第二格，不可數名詞用單數第二格。本題名詞為可數名詞，所以應選 (А) писем。第32題的數詞是5，所以名詞須接複數第二格 (А) писем。

★ Чьи это *письма*?

這些是誰的信？

★ Вы часто получаете *письма*?

您常常收到信嗎？

★ Я получаю много *писем*.

我固定收到很多信。

★ Вчера я послал 5 *писем*.

我昨天寄了五封信。

33. В ... у нас будет зачёт.

選項：(А) субботу (Б) суббота (В) субботе

分析：表示「星期幾」用前置詞в＋星期第四格，所以答案是 (А) субботу。

★ В *субботу* у нас будет зачёт.

我們星期六將有期中考。

34. Утром мой друг ходил к ...

選項：(А) врача (Б) врач (В) врачу

分析：移動動詞後通常搭配表示「移動」狀態的副詞或前置詞＋名詞第四格，表示「去某地」。如果要表示「去找某人」，則用前置詞к＋名詞第三格，所以要選 (В) врачу。

★ Утром мой друг ходил к *врачу*.

早上我的哥哥去看過醫生了。

35. ... есть хорошая подруга.

36. ... познакомилась с ней ещё в школе.

37. Она старше ... на 2 года.

38. Она помогает ... изучать английский язык.

39. ... нравится заниматься с ней.

選項：(А) я (Б) меня (В) у меня (Г) мне

分析：第36題是固定句型。表示「某人有某物」，則用前置詞у＋人第二格＋есть＋名詞第一格；反之則為у＋人第二格＋нет＋名詞第二格。本題人第二格為 (В) у меня。第36題的動詞познакомилась為第三人稱單數陰性過去式時態，卻無主詞，所以應選主詞第一格 (А) я。請注意，一般來說，固定俄語用法為Мы познакомились с ней. 也就是主詞用мы，而不用я。第37題注意形容詞的比較級用法。形容詞比較級старше「較老、較年長」後直接接名詞第二格，或是用чем，則чем之後接逗點再用名詞第一格，例如Антон старше, чем я. 安東年紀比我大。本題應選第二格 (Б) меня。第38題動詞помогать之後接人應用第三格，所以答案是 (Г) мне。第39題有關鍵動詞нравится。主動的人為「主體」，而非「主詞」，應用第三格，所以是 (Г) мне。

★ *У меня* есть хорошая подруга.

我有一個好朋友。

★ *Я* познакомилась с ней ещё в школе.

我們還在念中學時就認識了。

★ Она старше *меня* на 2 года.

她比我大兩歲。

★ Она помогает *мне* изучать английский язык.

她幫助我學英文。

★ *Мне* нравится заниматься с ней.
我喜歡跟她一起念書。

40. Вчера я случайно всретил ...
41. Раньше мы ... встречались каждый день.
42. В этом году ... поступил в университет.
43. Теперь ... много новых друзей.
選項：(А) с моим старым товарищем (Б) у моего старого товарища
(В) моего старого товарища (Г) мой старый товарищ

分析：第40題встретил的動詞原形是встретить，是完成體動詞，而未完成體動詞為встречать，是及物動詞。動詞後接受詞第四格，通常做「遇到、碰到」解釋，但是如果有大型交通運輸站作為表示「靜態」地點，則意思是「迎接」。本題選 (В) моего старого товарища。第41題動詞встречаться / встретиться後通常接前置詞с＋名詞第五格，表示「與某人見面」，答案是 (А) с моим старым товарищем。第42題有表示時間的詞組，也有表示地方的詞組，另有第三人稱單數陽性的動詞過去式，獨缺主詞，所以要選第一格 (Г) мой старый товарищ。第43題前置詞у＋人第二格＋есть＋名詞第一格表示「某人有」。如果名詞第一格之前有修飾名詞並表示「數量」、「質量」的單詞或詞組，如本句的много новых，則есть可以省略，所以本題應選 (Б) у моего старого товарища。

★ Вчера я случайно всретил *моего старого товарища*.
昨天我偶然碰到一位我的老朋友。

★ Раньше мы *с моим старым товарищем* встречались каждый день.
以前我跟我的老朋友每天都見面。

★ В этом году *мой старый товарищ* поступил в университет.

今年我的老朋友考上了大學。

★ Теперь *у моего старого товарища* много новых друзей.

現在我的老朋友有很多新朋友。

44. ... построили недавно.

45. Вчера мы осмотрели ...

46. ... на первом этаже работает аптека.

47. Я ещё не был ...

選項：(А) в этом новом здании (Б) в это новое здание (В) это новое здание

分析：第44題построили的動詞原形是построить，是完成體動詞，而未完成體動詞為строить，是及物動詞。動詞後接受詞第四格，是「建造」的意思。本題動詞為第三人稱複數過去式，為「泛人稱句」，所以選項為受詞第四格，要選 (В) это новое здание。第45題動詞осматривать / осмотреть也是及物動詞，後接受詞第四格，是「檢查、細看、參觀」的意思。本題應選受詞第四格，所以答案也是 (В) это новое здание。第46題主詞是аптека，動詞是работает，也表示地方的前置詞＋地點第六格，所以答案應是補充，應選表地點的詞組，應選 (А) в этом новом здании。第47題有BE動詞，所以應該搭配表示「靜止」狀態的副詞或是前置詞＋地方第六格。本題應選 (А) в этом новом здании。

★ *Это новое здание* построили недавно.

這棟新的建築物不久前建好的。

★ Вчера мы осмотрели *это новое здание*.

昨天我們參觀了這棟新的建築物。

★ *В этом новом здании* на первом этаже работает аптека.

在這棟新建築物的一樓有個藥局。

★ Я ещё не был *в этом новом здании*.

我來沒去過這棟新的建築物。

48. – ... ты ходил вчера? – На выставку.
49. – ... находится эта выставка? – На Невском проспекте.
50. – ... ты ходил туда? – С Максимом.
51. – А ... ещё ходил на выставку? – Иван.

選項：(А) с кем (Б) куда (В) кто (Г) где

分析：我們依照句意及對話的回覆來作答。第48題主詞是ты，動詞是移動動詞ходил，所以應該要搭配表示「移動」狀態的副詞或是前置詞＋地點第四格，而回答正是前置詞＋地點第四格，所以答案應該是疑問副詞 (Б) куда。第49題的回覆是前置詞＋地點第六格。問句中的動詞находится「位於、坐落於」之後也應搭配表示「靜止」狀態的副詞或是前置詞＋地點第六格，所以根據句意應該選 (Г) где。第51題的回覆是前置詞 с＋名詞人名第五格，所以應選相對的 (А) с кем。第51題的動詞是ходил，後為前置詞＋地點第四格，獨缺主詞。而回覆是名詞第一格，是主詞，所以答案應選疑問代名詞第一格 (В) кто。

★ – *Куда* ты ходил вчера? – На выставку.

– 你昨天去哪裡了？ – 去看展覽。

★ – *Где* находится эта выставка? – На Невском проспекте.

– 這展覽在哪裡？ – 在涅夫斯基大道。

★ – *С кем* ты ходил туда? – С Максимом.

– 你跟誰去那裏的？– 跟馬克辛。

★ – А *кто* ещё ходил на выставку? – Иван.

– 那還有誰去呢？ – 伊凡。

52. Я уже 2 часа ... упражнения.

53. Упражнений много, поэтому я ... их ещё час.

54. Когда я ... упражнения, я проверю их.

選項：(А) буду писать (Б) пишу (В) напишу (Г) написать

分析：第52題的關鍵是表示「一段時間」的第四格詞組2 часа。動作持續「一段時間」要看作是一個「過程」，而非「結果」，所以動詞應用未完成體動詞，答案是 (Б) пишу。第53題也有表示「一段時間」的第四格час，所以動詞也要用未完成體動詞。依照句意，時態為未來式，所以應選 (А) буду писать。第54題為複合句。後句的動詞為проверю，原形動詞為проверить，是完成體動詞，其未完成體動詞為проверять。根據語法規則，複合句中兩個完成體動詞所代表的意義是「兩個動作按照先後次序完成」，在本句是「先做完練習，後檢查」，答案為完成體動詞 (В) напишу。

★ Я уже 2 часа *пишу* упражнения.

我寫練習已經寫了兩個小時。

★ Упражнений много, поэтому я *буду писать* их ещё час.

練習很多，所以我還要再寫一個小時。

★ Когда я *напишу* упражнения, я проверю их.

當我寫完練習之後，我要檢查。

55. Я уже ... все задачи.
56. Я должен ... ещё несколько уравнений.
57. Моему другу тоже нужно ... эти уравнения.
58. Я знаю, что он обязательно ... их.
選項：(А) решить (Б) решит (В) решил

分析：第55題的關鍵詞是все「所有的」。這個單詞告訴我們動作是「結果」，而非「過程」，所以動詞應用完成體動詞，而副詞уже在此指的是過去時態，答案是 (В) решил。第56題的形容詞短尾形式должен之後應用原形動詞，通常用完成體動詞。另外，在句中有表達「結果」的詞組несколько уравнений，所以答案更確定為完成體動詞 (А) решить。第57題與第56題句意相近，但是形容詞不同，是нужный的短尾形式нужно。該詞之後也應接原形動詞，是「無人稱句」。句中沒有主詞，而是「主體」моему другу，應用第三格。本題應選 (А) решить。依照第58題的句意，應該採用未來式的時態，所以答案為 (Б) решит。

★ Я уже *решил* все задачи.
我已經解完所有的習題了。

★ Я должен *решить* ещё несколько уравнений.
我必須還要再解幾個方程式。

★ Моему другу тоже нужно *решить* эти уравнения.
我的朋友也需要解這些方程式。

★ Я знаю, что он обязательно *решит* их.
我知道他一定會解它們的。

59. В этом году мой друг начал ... в Политехническом университете.

60. Сейчас он ... на первом курсе.

61. Я тоже мечтал ... в Петербурге.

62. Друг советовал мне ... в том же университете.

63. Скоро я ... на подготовительном факультете.

選項：(А) учиться (Б) буду учиться (В) учусь (Г) учится

分析：第59題的關鍵詞是動詞начать。動詞начинать / начать之後如果接原形動詞，則應用未完成體動詞。相同情形的動詞還有продолжать / продолжить「持續、繼續」、кончать / кончить「結束」。本題應選 (А) учиться。第60題有時間副詞сейчас「現在」，所以應選動詞現在式 (Г) учится。第61題助動詞мечтал之後應接原形動詞，所以答案是 (А) учиться。第62題與第61題一樣，都有助動詞，所以也是接原形動詞 (А) учиться。第63題的關鍵詞是表示未來時間的副詞скоро，所以動詞應用未來式，應選 (Б) буду учиться。

★ В этом году мой друг начал *учиться* в Политехническом университете.
我的朋友今年開始在科大念書。

★ Сейчас он *учится* на первом курсе.
他現在念一年級。

★ Я тоже мечтал *учиться* в Петербурге.
我也渴望在彼得堡唸書。

★ Друг советовал мне *учиться* в том же университете.
朋友建議我也念那間大學。

★ Скоро я *буду учиться* на подготовительном факультете.
我很快將要念預科班。

64. Этот собор ... 40 лет.

65. Его начали ... в 1818 году.

66. Наконец в 1858 году его ...

選項：(А) строить (Б) построить (В) строили (Г) построили

分析：第64題的關鍵詞是表示「一段時間」的第四格詞組40 лет。動作持續「一段時間」要看作是一個「過程」，而非「結果」，所以動詞應用未完成體動詞，答案是 (В) строили。第65題有關鍵動詞начали，所以後面應接未完成體的原形動詞，所以答案是 (А) строить。第66題的關鍵詞是副詞наконец「最後」，表示「結果」，根據句意，應用完成體動詞 (Г) построили。

★ Этот собор *строили* 40 лет.
這座大教堂蓋了四十年。

★ Его начали *строить* в 1818 году.
它是在1818年開始蓋的。

★ Наконец в 1858 году его *построили*.
它終於在1858年蓋好了。

67. Вера уже 4 ... открытки.

68. Ей нужно ... ещё 4 конверта.

69. Завтра она ... эти конверты.

選項：(А) купить (Б) купила (В) купит (Г) покупает

分析：考時態。第67題有副詞уже「已經」，所以在此是過去式時態，選 (Б) купила。第68題нужно之後是「無人稱句」，沒有主詞，而是「主體」，用第三格ей，之後接動詞表示「一次性」的動作，應接完成體的原形動詞。本題應選 (А) купить。第69題表示未來時態的時間副詞завтра「明天」，所以動詞應選未來式 (В) купит。

★ Вера уже *купила* 4 открытки.
薇拉已經買了四張明信片。

★ Ей нужно *купить* ещё 4 конверта.
她必須再買四個信封。

★ Завтра она *купит* эти конверты.
她明天會買這些信封。

70. Вчера я весь вечер ... текст.
71. Когда я ... текст, я написал план.
選項：(А) перевёл (Б) переведу (В) переводил

分析：動詞переводить是未完成體，而完成體動詞是перевести，意思是「翻譯」，後接受詞第四格。第70題的關鍵是表示「一段時間」的第四格詞組весь вечер 「整晚」。動作持續「一段時間」要看作是一個「過程」，而非「結果」，所以動詞應用未完成體動詞，答案是 (В) переводил。第71題為複合句。後句的動詞為過去式написал，原形動詞為написать，是完成體動詞，其未完成體動詞為писать。根據語法規則，複合句中兩個完成體動詞所代表的意義是「兩個動作按照先後次序完成」，在本句是「先翻譯，後寫」，答案為完成體動詞的過去式 (А) перевёл。

★ Вчера я весь вечер *переводил* текст.
昨天我整晚在翻譯課文。

★ Когда я *перевёл* текст, я написал план.
當我翻譯完文章，我寫了大綱。

72. Ему было трудно ... этот текст.
選項：(А) переводил (Б) переводит (В) переводить

分析：句中有BE動詞的過去式，因為是無人稱句，所以動詞為中性，其角色為助動詞。助動詞後接原形動詞，答案是 (В) переводить。根據句意，副詞трудно是「困難」的意思，修飾動詞，所以動詞應用未完成體動詞，代表是動作的「過程」。

★ Ему было трудно *переводить* этот текст.
他在翻譯課文的時候感到困難。

73. Мне было интересно ... этот текст.
選項：(А) читал (Б) читаю (В) читать

分析：本題與第72題的語法意義是一模一樣的，所以答案是 (В) читать。動詞體的運用也是一致的。

★ Мне было интересно *читать* этот текст.
我在讀課文的時候感到有趣。

74. – Здравствуйте! Куда вы ... ?
75. – На балет. Мы любим ... в театр.
76. – Да, я знаю, что вы часто ... в театр.
選項：(А) идёте (Б) идти (В) ходите (Г) ходить

分析：動詞идти與ходить是一對定向與不定向的移動動詞。第74題的背景是「當下」的動作，所以應用定向動詞的現在式，表示「正在往某個方向走去」，答案是 (А) идёте。第75題有動詞любим「喜歡」，動詞之後接原形動詞的話，只能接未完成體動詞及不定向動詞，表示動作的「反覆性」，應選 (Г) ходить。第76題有頻率副詞часто「常常」，與上個動詞一樣，只能搭配未完成體動詞及不定向動詞，表示反覆的動作，答案是 (В) ходите。

★ – Здравствуйте! Куда вы *идёте*?

– 你們好！你們去哪？

★ – На балет. Мы любим *ходить* в театр.

– 去看芭蕾。我們喜歡去劇場。

★ – Да, я знаю, что вы часто *ходите* в театр.

– 是啊，我知道你們常常去劇場。

77. Вчера он ... в театр.

78. Когда он ... в театр, он встретил меня.

選項：(А) идти (Б) шёл (В) ходить (Г) ходил

分析：第77題必須澈底背下來。它是一個簡單句，沒有任何額外的情節，只有簡單的描述主詞過去時間的動作，因為是移動動詞，所以是不定向的移動動詞，表示「去了，也回來了」，答案是 (Г) ходил。第78題依照劇情，主詞在「去的路上遇見我」，所以去的路上應該是個定向的動作，故選 (Б) шёл。

★ Вчера он *ходил* в театр.

昨天他去了劇場。

★ Когда он *шёл* в театр, он встретил меня.

當他去劇場時，他遇見了我。

79. Я люблю ... в пригороды Петербурга.
80. В мае я несколько раз ... в Петродворец.
81. Летом я хочу ... в Новгород.
選項：(А) ездил (Б) поехать (В) ездить (Г) поехал

分析：第79題有關鍵動詞любить「喜歡」。動詞之後若接原形動詞，只能接未完成體動詞及不定向動詞，表示動作的「反覆性」，應選(В) ездить。第80題有主詞я，有表示「反覆動作」的詞組несколько раз「幾次」，所以答案應選不定向動詞 (А) ездил。第81題有助動詞хочу，表示「將來想做」的動作，而這動作應該是「從一個地點出發到另一個地點」，應為定向，所以要選 (Б) поехать。

★ Я люблю *ездить* в пригороды Петербурга.
我喜歡去彼得堡的近郊。

★ В мае я несколько раз *ездил* в Петродворец.
五月的時候我去了幾次彼得夏宮。

★ Летом я хочу *поехать* в Новгород.
夏天我想去諾夫哥羅德。

82. Я позавтракал и ... в центр.
83. Этот иностранный студент ... в наш город в прошлом году.
84. Недавно он ... отсюда на родину.
選項：(А) ехал (Б) поехал (В) приехал (Г) уехал

分析：第82題有兩個完成體動詞，表示「動作按照先後次序完成」。先「吃完早餐」，然後「前往市中心」，所以答案必須選 (Б) поехал。順道一提，如果選項沒有поехал，那我們就該選уехал「離開」。第83題依照句意要選 (В) приехал，表示「抵達」；而第84題則是相反，要選 (Г) уехал，表示「離開」。

★ Я позавтракал и *поехал* в центр.

我吃了早餐後出發前往市中心。

★ Этот иностранный студент *приехал* в наш город в прошлом году.

這個外國學生是去年來到我們的城市。

★ Недавно он *уехал* отсюда на родину.

不久前他從這裡離開回祖國了。

85. Антон каждую среду ... в компьютерный класс.

86. В прошлую среду он тоже ... туда.

87. Завтра он ... в лингафонный кабинет.

選項：(А) идёт (Б) пойдёт (В) ходил (Г) ходит

分析：第85題有表示「頻率」的第四格詞組каждую среду，意思是「每個星期三」，所以動詞必須用不定向動詞，答案是(Г) ходит。第86題與第77題一樣，是個純粹的過去式敘述，動詞要用不定向動詞，表示「去了，也回來了」，應選 (В) ходил。第87題有表示未來的時間副詞завтра，所以答案應該是未來式時態。定向動詞加了前綴 (詞首)，質量起了改變，變成了完成體動詞。所以идти變成пойти之後，動詞пойти就變成了完成體動詞。本題答案為 (Б) пойдёт。

★ Антон каждую среду *ходит* в компьютерный класс.

安東每個星期三去電腦班。

★ В прошлую среду он тоже *ходил* туда.

上個星期三他也有去那裏。

★ Завтра он *пойдёт* в лингафонный кабинет.

明天他要去視聽教室。

88. Вчера я ... в центр.

89. Когда я ... в автобусе, я увидел друга.

選項：(А) ехал (Б) ехать (В) ездил (Г) ездить

分析：第88題與第86題、第77題一樣，是個純粹的過去式敘述，動詞要用不定向動詞，表示「去了，也回來了」，應選 (В) ездил。第89題依照劇情，主詞在「去的路上遇見朋友」，所以去的路上應該是個定向的動作，故選 (А) ехал。

★ Вчера я *ездил* в центр.
昨天我去了一趟市中心。

★ Когда я *ехал* в автобусе, я увидел друга.
當我搭巴士去的時候，我遇見了朋友。

90. Вчера я ... в филармонию.

91. Мне нравится ... на концерты.

92. Сейчас мой друг редко ... в филармонию.

93. Завтра он ... на концерт.

選項：(А) ходить (Б) ходит (В) ходил (Г) пойдёт

分析：第90題與第88題、第86題、第77題一樣，是個純粹的過去式敘述，動詞要用不定向動詞，表示「去了，也回來了」，應選 (В) ходил。第91題有關鍵的動詞нравится作為助動詞，所以後面必須接不定向的原形動詞，以表示「反覆」的動作，要選 (А) ходить。第92題有頻率副詞редко「少」，所以要選不定向動詞。時間副詞сейчас表示動詞應為現在式，所以答案是 (Б) ходит。第93題與第87題類似，完成體的定向動詞表達未來式，答案應選 (Г) пойдёт。

★ Вчера я *ходил* в филармонию.

昨天我去聽音樂會。

★ Мне нравится *ходить* на концерты.

我喜歡聽音樂會。

★ Сейчас мой друг редко *ходит* в филармонию.

現在我的朋友很少上音樂廳。

★ Завтра он *пойдёт* на концерт.

明天他要去聽音樂會。

94. Студенту нужно купить ...

選項：(А) кассета (Б) кассету

分析：這題有點汙辱人。動詞купить為及物動詞，後如果接人，用第三格，表示「買東西給某人」；接物則用受詞第四格，本題應選第四格 (Б) кассету。

★ Студенту нужно купить *кассету*.

學生必須買一捲錄音帶。

95. Мне нужен ...

選項：(А) словарь (Б) тетрадь

分析：本句為無人稱句。形容詞短尾形式нужен表示「某人需要某物」或是「某人需要某人」。表示「主動需要的」為「主體」，用第三格，而「被需要的」為主詞第一格。因為нужен是陽性，所以答案應選陽性名詞 (А) словарь。

★ Мне нужен *словарь*.

我需要一本辭典。

96. Тебе нужна только ...
選項：(А) одна марка (Б) одну марку

分析：本句與上題相同，皆為無人稱句。前句的形容詞短尾нужен為陽性，而本題的нужна為陰性。兩句的語法形式相同，表示「某人需要某物」。表示「主動需要的」為「主體」，用第三格，而「被需要的」為主詞第一格，所以答案應選陰性名詞第一格 (А) одна марка。

★ Тебе нужна только *одна марка*.
你只需要一張郵票。

97. Антон окончил химический факультет, ... он прекрасно знает химию.
98. Ольга поступила на исторический факультет, ... она любит историю.
選項：(А) потому что (Б) поэтому

分析：這兩題為「因果」題，我們只要分析句意，就可解題。第97題的前句有主詞，動詞為過去式，後接受詞第四格，意思是「從化學系畢業」。後句有副詞形容動詞＋受詞第四格，意思是「很了解化學」。所以我們知道後句為果，而前句為因，所以答案是 (Б) поэтому。第98題的前句意思是「考取了歷史系」，後句是「她喜歡歷史」，為考取歷史系的原因，答案是 (А) потому что。

★ Антон окончил химический факультет, *поэтому* он прекрасно знает химию.

安東從化學系畢業了，所以他很了解化學。

★ Ольга поступила на исторический факультет, *потому что* она любит историю.

奧利嘉考取了歷史系，因為她熱愛歷史。

99. Мои родители хотят, ... я стал экономистом.

100. Я сказал родителям, ... мечтаю стать артистом.

選項：(А) что (Б) чтобы

分析：選項 (А) что基本的用法如下：可作為疑問代名詞，用於問句當中，例如Что ты любишь? 你喜歡甚麼？也可作為關係代名詞，用於複合句中，例如Я знаю, что ты любишь. 我知道你喜歡甚麼。另可作為連接詞，連接主句與從句，例如Я знаю, что завтра будет экзамен.我知道明天要考試。選項 (Б) чтобы通常做為連接詞，意思是「為了」。要注意，連接詞之前句與後句的主詞如果相同，則чтобы後的動詞用原形動詞；如果前句與後句的主詞不同，則чтобы後的動詞要用過去式。第99題的前句主詞為мои родители，後句的主詞為я，而動詞正是過去式。根據本題句意，應是答案 (Б) чтобы。第100題後面句子的動詞為第一人稱單數現在式變位，所以僅需連接詞что來連接兩句即可，所以答案為 (А) что。

★ Мои родители хотят, *чтобы* я стал экономистом.

我的父母親希望我成為一位經濟學家。

★ Я сказал родителям, *что* мечтаю стать артистом.

我告訴父母親，我渴望成為一位演員。

秀威經典 學語言12 PD0053

俄語能力檢定「詞彙與語法」解析（初級A1+基礎級A2）

編　　著／張慶國
責任編輯／杜國維
圖文排版／楊家齊
封面設計／葉力安

出版策劃／秀威經典
發 行 人／宋政坤
法律顧問／毛國樑　律師
印製發行／秀威資訊科技股份有限公司
114台北市內湖區瑞光路76巷65號1樓
電話：+886-2-2796-3638　傳真：+886-2-2796-1377
http://www.showwe.com.tw
劃撥帳號／19563868　戶名：秀威資訊科技股份有限公司
讀者服務信箱：service@showwe.com.tw
展售門市／國家書店（松江門市）
104台北市中山區松江路209號1樓
電話：+886-2-2518-0207　傳真：+886-2-2518-0778
網路訂購／秀威網路書店：http://www.bodbooks.com.tw
國家網路書店：http://www.govbooks.com.tw

2017年6月　BOD一版　ISBN:978-986-94686-4-0
定價：390元

讀者回函卡

感謝您購買本書，為提升服務品質，請填妥以下資料，將讀者回函卡直接寄回或傳真本公司，收到您的寶貴意見後，我們會收藏記錄及檢討，謝謝！
如您需要了解本公司最新出版書目、購書優惠或企劃活動，歡迎您上網查詢或下載相關資料：http:// www.showwe.com.tw

您購買的書名：________________________________

出生日期：________年________月________日

學歷：□高中（含）以下　□大專　□研究所（含）以上

職業：□製造業　□金融業　□資訊業　□軍警　□傳播業　□自由業
　　　□服務業　□公務員　□教職　□學生　□家管　□其它____

購書地點：□網路書店　□實體書店　□書展　□郵購　□贈閱　□其他

您從何得知本書的消息？

□網路書店　□實體書店　□網路搜尋　□電子報　□書訊　□雜誌
□傳播媒體　□親友推薦　□網站推薦　□部落格　□其他________

您對本書的評價：（請填代號　1.非常滿意　2.滿意　3.尚可　4.再改進）

封面設計____　版面編排____　內容____　文／譯筆____　價格____

讀完書後您覺得：

□很有收穫　□有收穫　□收穫不多　□沒收穫

對我們的建議：________________________________

____

____

____

請貼
郵票

11466
台北市內湖區瑞光路 76 巷 65 號 1 樓
秀威資訊科技股份有限公司 收
BOD 數位出版事業部

....

（請沿線對折寄回，謝謝！）

姓　名：________________ 年齡：________ 性別：□女　□男

郵遞區號：□□□□□

地　址：________________________________

聯絡電話：(日) ________________ (夜) ________________

E-mail：________________________________